소
설

원
효

어찌 마음 밖에서

따로 구할 수 있으랴

소설

원효

이지현 소설

불광출판사

원효 성사께 이 책을 바칩니다.

이 글은 원효 대사께 바치는 헌사이다.

원효는 모든 사다리를 미련 없이 걷어차 버렸다. 화랑으로
승려로 출세해서 누릴 수 있는 모든 출구를 스스로 닫아버리고,
중생의 삶 속으로 들어가 고통받는 이들과 온전히 함께했다. 그
러므로 이것은 부처를 대하듯 모든 사람을 존중하고 사랑했던
한 남자의 이야기이며, 그 남자는 신라에서 태어나 보살이 된
역사 속 인물이다.

요석은 그런 원효를 사랑했다. 요석은 공주도 어머니도 아
닌 오로지 요석의 길을 가고자 했다. 남자에게 매달리며 눈물
흘리는 여성이 아니라 누구보다 당당한 자기 삶의 주인공이었
다. 그러므로 요석이 사랑할 수 있는 남자는 오로지 원효였다.
무심했던 남편 원효는 그렇게 늘 요석에게 따뜻한 사랑이었다.

이 글을 쓰는 동안 원효의 선택이 원효의 결단이 너무 아프
고 힘들었다. 구도자의 길이 이리도 고단하고 가슴 저릴 줄이
야. 온갖 모욕과 모멸을 웃음으로 대신하며 살았던 원효는 대승
의 큰 보살이었으며, 인간의 삶을 살다간 부처의 제자였다. 전
쟁 속에서 길을 잃고 통곡으로 살아야 했던 사람들에게 원효는

다정한 친구였고 스승이었으며 부모였고 부처였다.

　나의 부족함이 혹여 원효의 뜻을 잘못 전달할까 매우 두려웠다. 그래서 최선을 다해 역사의 기록을 살폈고, 그것을 바탕으로 글을 써 내려갔다. 원효를 만나는 일은 내게 커다란 축복이었으나《대승기신론소별기》,《금강삼매경론》,《판비량론》,《십문화쟁론》등 그의 저술들을 만나고 체화하는 일은 결코 쉽지만은 않았다. 나 자신의 능력을 돌이키며 불가능하게 느꼈던 적이 한두 번이 아니다.

　하지만 원효 대사를 해골에 고여 있는 물로만 가두어 둘 수는 없었다. 더군다나 요석 공주의 순정하고 맑은 사랑을 왜곡하는 일을 그냥 바라만 보고 있을 수 없었다. 내 부족과 허물에도 원효 대사께서 함께 해주시리라는 믿음으로 글의 첫머리를 시작했다. 많은 학자와 연구자가 찬탄하고 있듯, 원효에 대한 사실과 그에 따른 진실은 이제 세상에 제대로 반영되고 쉽게 다가가야 한다.

　오로지 중생! 오로지 부처! 중생과 부처가 둘이 아니었고, 부처와 중생이 똑같이 소중했던 원효 대사에게 중생은《금강삼매경론》에 나오는 늘 헤매고 있는 아들이었다. 자기 손에 돈을 가득 쥐고서도 늘 돈을 좇으며 돈이 없다고 불평하는 안타깝고 불쌍한 아들이었다. 아버지는 아들을 너무나 사랑했다. 그래서 아버지는 아들에게 가난하지 않음을 스스로 알게 하고, 가진 돈을 제대로 쓰게 하고 싶었다. 원효 대사가 중생들에게 하고 싶은 말이었고 하고자 하는 일이었다.

천년의 세월을 훨씬 뛰어넘은 지금도 원효 대사의 사자후는 충격이고 환희로움이다. 그 축복을 나누고 함께 이야기하고 싶었다. 글을 쓰는 동안 마치 현장에 가 있듯 생생하게 보이는 영상을 글로 옮기고 나서 사실 여부를 확인한 적도 있었다. 놀랍게도 그것은 사실이었고 내가 느낀 원효의 삶은 흘러간 과거의 역사나 이야기가 아니었다. 《판비량론》에서 모티브를 얻어 손오공이 등장하게 되었지만, 나는 손오공의 마음이 느껴졌다. 그 과정을 담담하게 글로 남겼다.

지금도 늘 원효는 우리와 함께 있으며, 자신의 이야기를 전해준다. 원효는 모두가 알고 있듯 유학을 가지 않고 오로지 이 땅에만 살았지만, 그의 정신은 당나라와 일본을 넘어 세상 모든 중생들의 가슴속에 있는 한을 어루만져 주었다.

원효의 이야기에서 빼놓을 수 없는 것이 바로 삼장 법사와의 논쟁이다. 삼장과 원효의 논쟁은 세계적인 대선각자의 논쟁이었으며, 삼장이 먼저 열반에 든 후 그의 제자들에게 전해졌다.

삼장은 세상만사가 마음에서 만들어진다는 것을 증명하는 추론식을 만들었고, 이에 대한 원효의 반론은 상당한 파급력으로 당나라에 전해졌다. 원효의 《판비량론》이 이 글의 모티브였고 황금열쇠라고 할 수 있는데, 당시 당나라에서는 원효의 글을 먼저 읽고 아는 것이 불법을 이해하는 관문이자 유행이었다.

전쟁의 시기에 원효는《대승기신론소별기》를 써내려갔다. 전쟁으로 인해 언제나 죽음으로 내몰려야 했던 중생들을 위해 마명 스님은《대승기신론》을 썼다. 원효 대사 또한 전쟁에 시달리는 중생을 구제하려는 결단을 내렸고, 이 결단으로《대승기신론소별기》가 남았다.

세상의 악업을 정화하고 우리 스스로를 맑게 지켜내는 일은 '일체유심조'를 깨닫고 알아가며 체화하는 일이리라.

《소설 원효》가 나오기까지 자문과 조언을 아끼지 않으신 동국대학교 경주캠퍼스 김성철 교수님께 감사의 말씀을 드린다. 또한 원효 대사의 진리를 알리기 위해 노력해 오신 많은 분들의 노고에도 머리 숙여 감사드린다. 그분들의 노고가 아름다운 햇살이 되어 우리 모두를 살리게 될 거라는 믿음은 변치 않을 것이다. 동국대학교 '불교기록문화유산아카이브'의 열린 자료실은 원효 대사의 법문을 쓸 때 많은 자료를 참조할 수 있게 한 훌륭한 서고였다.

세월은 쏜 화살처럼 빠르고 삶과 죽음은 늘 동전의 양면처럼 가까이 있다. 우리는 우리에게 물어야 한다.

"그대, 그대가 누구인지 알고 있는가?"
"그대, 우리가 하나임을 알고 있는가?"

우리 자신이 누구인지 알게 된다면 죽음 앞에서도 우리는 당당할 것이다. 늙음 속에서도, 병듦 속에서도, 삶의 무지막지한 혼돈이 가로막을 때에도 우리는 사자처럼 장애를 해치우고 늠름하게 앞으로 나아갈 것이다. 우리가 가진 완전한 불성으로 존재의 기쁨과 축복을 누릴 것이다.

원효를 만나고 원효의 큰 바다에 몸을 맡기면 반드시 행복과 축복이 오리라고 감히 약속드린다. 우리는 하나이며 오직 일심(一心)뿐이다.

2021년 가을 지리산에서
이지현 합장

차례

고구려의 승려 승랑은 중국 남북조시대에 중국의 소승불교를 대승불교로 바꾸는 데 결정적인 기여를 한다. 양무제 소현천자는 처음에는 달마 대사에게, 이후에는 승랑 대사의 제자들로부터 법을 구하고 스스로 승려가 되어 나라를 통치한다. 이후 당나라 시대가 시작된다.

그로부터 150년이 지나고 627년 불경을 구하려 인도에 들어간 삼장 법사는 손오공, 저팔계, 사오정과 함께 645년 당나라로 돌아온다. 617년 태어난 원효는 삼장 법사를 뛰어넘는 법력으로 세상을 교화하는데, 조금씩 불교의 진리를 중생 속에 뿌리내려 간다. 원효 대사는 서라벌의 별과 같은 존재였으며 세상의 지지 않는 달이었다.

삼장 법사, 당나라로 돌아오다

삼장 법사가 돌아왔다. 18년 만이었다. 환호하는 수많은 당나라 사람들, 수도 장안에는 꽃을 뿌리는 사람들로 가득했다. 그들의 얼굴은 환희와 행복과 희망으로 흘러넘치며 삼장의 얼굴을 조금이라도 보려고 이리저리 몸을 움직였다. 구도자의 그림자라도 밟아보길 간절히 바라며 몰려든 사람들과 그들 사이를 분주히 헤집고 다니는 사람들이 더러는 서로 부딪히면서 가슴을 설레고 있었다.

당태종을 태운 화려한 가마가 서둘러 남문으로 마중을 나왔다. 친위대의 호위를 받으며 당당하게 가마에 앉아 있는 당태종은 강인하고 굵직한 이목구비를 가졌으며 유난히 검은 수염이 얼굴을 감싸고 있었다. 오랜만에 온갖 시름을 잊은 표정이었다. 친히 거리로 나선 당태종의 눈빛은 환희심으로 가득했다.

삼장은 손오공, 저팔계, 사오정과 함께 황제가 있는 남문으로 들어왔다. 뒤를 따르는 수레에는 경전과 보물이 가득했다. 음악이 울려 퍼지고 꽃비가 내렸으며 사람들의 환호성으로 장안의 공기가 뜨겁게 달아올랐다. 백마를 타고 법사모를 쓴 삼장은 오랜 구도의 험난한 여정에도 불구하고 환하고 부드러운 미

17

소를 지으며 환호하는 사람들을 바라보았다. 부처와 제자 가섭 사이에 이심전심으로 오갔던 '염화미소' 그대로였다.

삼장은 조금도 흐트러짐 없는 자세로 황제를 향해 천천히 나아갔다. 그 뒤를 손오공이 따랐다. 여기저기 매섭게 쳐다보는 손오공은 머리에 금고아라는 머리띠를 두르고 한 손에는 여의봉을 꼭 움켜쥐고 있었다. 날렵하고 굳건한 몸을 가진 손오공은 꼭 다문 입술로 도무지 말이라고는 하지 않는 사람처럼 느껴졌다. 한 치의 두려움도 용납하지 않겠다는 손오공의 거침없고 위풍당당한 모습은 장안의 백성들을 순식간에 매료시켰다.

몸집이 크고 들창코가 단박에 눈에 들어오는 저팔계는 동네 오빠처럼 순박한 미소를 머금고 있었다. 하얀 이를 드러내 웃으며 따뜻한 환대에 기꺼이 답례했다. 비굴한 얼굴로 늘 주위를 두리번거리던 사오정도 이번만큼은 멋진 남자의 모습이었다. 삼장 법사를 모시는 제자로서의 자부심이 고스란히 드러났다.

'그래, 우리는 부처님을 모시는 삼장 법사님의 제일가는 제자들이지!'

환대의 분위기로 한껏 들뜬 사오정의 머릿속은 온통 이 생각뿐이었다.

삼장은 손오공, 저팔계, 사오정 세 명의 제자를 데리고 당태종에게 예를 올렸다. 당태종은 가마에서 내려 삼장의 손을 덥석 잡았다. 기쁨을 감추지 못했던 것이다. 당태종이 먼저 환영의 말을 건넸다.

"법사님과 나는 의형제를 결의하였소. 형제가 돌아와 다시 만나니 이보다 기쁜 일이 어디 있겠소. 죽지 않고 살아서 돌아온 것만으로도 다행인데, 귀한 경전까지 구해오다니 참으로 큰 일을 하셨습니다."

당태종의 두 눈을 응시하며 삼장이 반갑게 응수했다.

"아닙니다. 과찬이십니다. 수행자로서 축복의 길이었습니다. 부처님의 가피로 이렇듯 살아 돌아왔습니다."

삼장을 바라보던 당태종에게 잠시 잊었던 기억이 떠올랐다. 자신의 친형과 동생을 현무문 앞에서 기다리고 있다가 무참하게 죽인 일이 어제처럼 느껴졌다. 어디 형제뿐이겠는가. 수많은 사람의 목숨을 눈 하나 깜빡하지 않고 죽였다. 이제는 천하를 호령하는 당나라의 주인이 되었지만, 여전히 허전하고 두려운 것은 그 때문이었다.

황궁으로 사용하는 대명궁은 어느 시대의 궁궐보다 화려했고 아름다운 궁녀들로 가득했다. 권력도 탄탄했으니 황제로서 부족함이 없었다. 하지만 점점 더 고립되고 왜소해지는 느낌을 떨쳐버릴 수 없었다.

'천하를 다 가졌건만….'

그는 전쟁을 통해 더 많이 가짐으로써 자신을 증명해 보이고 싶었다. 황제가 되어서도 자신의 위대함을 더욱 강력한 황권에서 찾으려 했다. 타고난 총기를 가진 황제였으나 내면의 지혜와 자비가 부족했고, 가진 것이라곤 하나도 없는 수행자 앞에서 더 작아지고 낮아지는 자신을 깨달았다. 아니, 자신의 아버지를 가두고 형을 죽인 냉혈한 황제였지만 피 한 방울 섞이지 않은 삼장에게서 오히려 피와 살이 섞인 골육의 정을 느꼈다. 지금 이 순간, 형제이자 분신이라 여겼던 삼장이 눈앞에 이렇게 햇살처럼 당당히 서 있으니 가슴이 벅차오르는 것은 당연했다. 당태종은 삼장의 손을 놓지 않고 다시 힘주어 고쳐 잡았다.

"궁 안에 연회를 마련했습니다. 좋은 음식을 공양 올리는 것이니 사양하지 말고 연회에 참석해 주시오."

"분부대로 하겠습니다."

"그리고 내일은 저와 따로 말씀을 나눌 것이 있습니다."

"무슨 말씀을 하시려는지요?"

"오늘은 피곤할 테니 편히 쉬시고 내일 이야기하도록 하지요. 자, 가십시다."

삼장은 고개를 숙이며 감사의 인사를 전했고, 황제의 가마는 다시 대명궁으로 향했다. 삼장을 태운 말은 군사들의 호위를 받으며 황제의 뒤를 따랐다. 세 명의 제자들도 가슴을 활짝 펴고 스승을 뒤를 따라 당당하게 걸었다. 황제와 삼장 법사의 일행이 사라질 때까지 장안의 환호성은 그칠 줄 몰랐다.

눈부시게 아름다운 날이었다. 새롭게 돋아난 봄날의 여린 잎들이 생의 환희로움을 더했다. 모두의 마음이 환하게 열리는 즐거운 날이었다. 연회에 참석한 삼장과 제자들은 황제와 함께 공양을 마친 후 궁 안에 마련된 처소에서 하룻밤을 보냈다.

다음 날 삼장과 제자들은 환관을 따라 당태종의 처소로 갔다. 삼장이 고요한 얼굴로 제자들에게 말했다.

"나는 황제를 뵙고 나올 터이니 너희들은 여기에서 기다리거라."

"네. 사부님."

손오공과 저팔계, 사오정은 스승의 말에 공손하게 대답하고 밖에서 대기했다.

들어오는 삼장을 보자마자 자리에서 벌떡 일어난 황제는 호탕하게 웃으며 맞이했다.

"어제는 잘 쉬셨습니까? 먼 길을 다녀오시느라 무척 고단하셨을텐데."

삼장은 당태종에게 합장을 하고 말했다.

"네, 폐하."

"그렇다면 다행이구려."

"길을 떠날 때도 백마를 선물하며 환송해주시더니 돌아올 때도 이리 마음을 써주시다니, 감사할 따름입니다."

당태종은 삼장과 함께 자리에 앉으며 말했다.

"그동안 수많은 스님들이 순례의 길을 떠났지만 돌아오지 못한 분들이 너무 많아서 걱정이 컸습니다."

구도의 길은 죽음의 길이었다. 많은 구도자들이 가 본 적 없는 길 위에서 죽었다. 하지만 그들의 죽음이 다른 구도자들에게 공포로 다가온 것만은 아니었다. 오히려 죽기를 각오하며 진리를 찾아야 한다는 신념으로 더 크게 공명했다.

권력이나 재물이 아니라 진리를 얻기 위해 서역까지 다녀온다는 것이 당태종에게는 상상하기 어려운 일이었다. 사막을 건너야 했고 목숨을 걸어야 했다. 당태종은 삼장에게 그동안 있었던 일을 소상하게 물은 뒤 놀라움을 금치 못했다. 황제가 되면서 이 세상은 눈으로 보는 것이 전부가 아니라는 것을 알았기에 자신도 모르게 숙연해졌다.

잠시 침묵이 흘렀고, 다시 당태종의 눈빛이 간절해졌다. 더 많은 힘을 가지고 싶은 속내를 털어놓을 참이었다.

"삼장 법사님."

"예, 폐하."

"내 꼭 하고자 하는 일이 있습니다. 고구려를 정복해 고구려 이남까지 당나라의 땅으로 만들고자 합니다. 당나라의 국운이 창대해야 고구려를 꺾을 수 있습니다. 소림사 스님들께서 나를 지켜주고 내가 황제가 되는 데 큰일을 해주지 않았습니까? 그 고마움을 기억합니다. 그리고 삼장 법사께서는 법회를 열어 당나라의 국운을 열어주셨던 큰 스승이었습니다. 이제 경전까지 구해오며 대원력을 이루신 분이니, 저를 도와주셔야겠습니다. 저와 함께 고구려 정벌에 나서주시는 것은 어떻겠습니까?"

황제의 간곡한 호소를 삼장은 눈을 감고 차분히 들었다. 황제의 말을 경청하던 삼장은 가져온 경전을 번역하고 정리도 해야 하며, 더욱이 부처님 제자로서 전쟁터에 나갈 수 없음을 조용한 어조로 대답했다. 어쩔 수 없다는 것을 깨달은 당태종은 삼장을 바라보며 말을 이었다.

"그것도 중요한 일이라 생각합니다. 국운을 빌어주시고 자주 왕래해 주시오. 경을 구하러 다녀온 이야기를 더 자세히 듣고 싶소. 우리는 의로 맺은 형제나 다름없지 않습니까? 부디 당나라의 융성과 내가 다스릴 천하를 위해 그리고 고구려 정벌이 성공하도록 빌어주셔야 합니다."

삼장은 당태종을 아무 말 없이 바라보았다. 그들은 말하지 않으면서 수많은 이야기를 나누었다. 당태종은 삼장을 조금이라도 더 잡고 싶었다. 하지만 진리의 세계를 향하는 저항할 수 없는 수행자의 위력 앞에서 천하를 가진 남자는 무기력했다. 처음으로 자신의 나약한 모습을 마주하며 이렇게 시간이 멈추었으면 좋겠다고 생각했다.

황제와 작별한 삼장은 사찰로 돌아가기 위해 백마에 올라탔다. 성문을 나서면서부터 손오공은 쉼 없이 투덜거렸다. 경전을 구해 온 사람을 전쟁의 도구로 쓰려 하는 게 말이 되냐는 것이었다. 손오공은 불편한 심기를 거침없이 드러냈다.

"황제라는 사람이 참으로 답답하지 않습니까? 뭐 이런 경우가 다 있습니까?"

저팔계도 질세라 온통 전쟁에만 신경 쓰는 당태종을 힐난했다.

"고구려를 치는 건 해동 땅을 다 먹겠다는 건데, 그만큼 땅이 많은데도 더 가지려 하다니. 욕심이 아주 돼지 같은 인간이잖아!"

삼장은 의형제인 당태종이 평화롭길 바랐다. 계속되는 전쟁은 인간이 사는 땅 위로 요괴들을 불러내는 것인데, 요괴들이 들끓게 할 수는 없는 노릇이었다. 수행자로서 오로지 부처님의 뜻에 따를 뿐이었다. 길을 재촉할수록 날이 어두워졌고, 멀리에서 불빛이 보이기 시작했다. 누군가 절의 입구에 연등을 밝혀놓은 듯했다.

아비규환의 전쟁터

원효는 청강의 물색을 닮은 푸른 화랑의 옷을 입고, 사라밤 나무 숲속의 어머니 무덤 앞에 서 있었다. 화랑으로서 가장 아름답게 치장을 하고 검푸른 머리카락을 늘어뜨린 원효의 모습은 화사한 젊음만으로도 주변의 경관을 압도했다. 말 그대로 원효는 하나의 완전한 태양이었다.

그러나 사라밤나무들이 바람과 섞여 시원한 그늘을 만들어줄 무렵 불현듯 원효의 얼굴에는 그림자가 드리워지는 듯했다. 얼굴조차 기억나지 않는 어머니. 원효는 자신을 살리고 생을 마감한 어머니를 항상 그리워했다. 기억할 추억조차 없지만 관세음보살의 미소로 젖을 먹이고 아프다고 칭얼거리면 가장 먼저 달려와 눈물을 닦아주는 사람이 어머니였다. 지금 이 세상에 없지만 언제나 원효 곁에 살아 계신 분이었다.

"어머니, 저는 전쟁터로 갑니다. 전쟁에 승리해서 신라와 가문을 빛내고 돌아오겠습니다."

아버지 설담날은 마른 체구에 웃음이 없었다. 그에게 아들 원효는 자랑이었고 자부심이었다. 훤칠하고 늠름한 아들을 말 뒤에 태워 마을을 지날 때마다 화랑이 되어 풍류를 배우는 아들이 자신의 비루한 생을 보상해주길 바랐다. 비굴하게 남의 눈치를 보며 살아온 삶이었지만, 화랑인 아들이 가문을 일으켜 세워줄 거라 믿었다. 전쟁터에 나가는 것이 아들에게는 좋은 기회라고 생각했고, 아버지는 아들을 기꺼이 전쟁터로 보냈다.

아버지의 기대 속에서 원효는 전쟁터에 나갔다. 하늘은 잿빛이었다. 깃발이 바람에 세차게 펄럭였고 웅장한 북소리가 산야를 뒤덮었다. 흰색과 푸른색을 바른 원효의 얼굴은 죽음을 불사한 결기만으로 또렷했다. 시퍼런 칼을 들고 수많은 백제군에 맞섰다. 대야성 전투에 참여한 원효는 적진을 향해 돌진했다. 적을 죽이고 또 죽였다. 사느냐 죽느냐의 갈림길에서 사는 길에 서려면 더 많이 죽여야만 했다.

전쟁은 그런 것이었다. 원효는 전투에서 수많은 전우를 잃었다. 그렇게 화랑들도 백제의 청년들도 이유를 모르는 증오로 잔인하게 서로를 죽였다. 칼과 칼이 부딪쳤다. 고통 속에 죽어가는 전사들과 살고자 하는 전사들의 비명이 뒤섞여 드넓은 벌판에 메아리쳤다.

필살의 육박전이 살벌하게 오고 가는 전투 중에 갑자기 청랑의 목소리가 들려왔다. 뒤를 돌아보았다. 칼을 든 청랑의 오른팔이 백제군의 칼날에 잘려나갔고, 외마디 소리를 토하는 얼굴이 순식간에 일그러졌다. 원효는 적의 칼날이 가장 절친한 친구의 심장으로 깊숙이 파고드는 것을 두 눈으로 목격했다. 청랑은 원효의 이름을 불렀다.

"원효···. 원효···."

원효는 몸을 돌려 청랑에게 달려갔다. 청랑의 이름을 부르는 순간 청랑과의 지난 일이 순식간에 지나갔다. 같은 육두품 출신으로 성골이나 진골 출신 화랑에게 기가 죽어 지내던 청랑은 원효를 만나면서 내면에서 우러나오는 진정한 자신감을 얻었다. 그들은 함께 말달리고 무예를 연마했으며, 함께 춤추고 즐거워했다.

선하게 타고난 성품과 의리가 있었기에 원효 또한 청랑을 마음 깊이 사랑했다. 피를 나누며 맹세를 하기도 했다. 그런 청랑이 마지막 순간에 원효를 찾는 것이다. 원효는 기력이 다해가는 청랑을 안고 짐승처럼 울부짖으며 몸부림쳤다.

"청랑, 눈을 뜨게!"

"이보게 원효, 내 자네 덕에 이번 생을··· 참 잘 살았네."

"청랑! 청랑!"

청랑은 흐린 미소를 지었다. 슬픈 듯, 체념한 듯, 안도한 듯 그의 얼굴은 이내 평화로워졌다.

"자네는 부디 살아서 돌아가게."

"무슨 말을 그렇게 하는가. 힘을 내서 같이 돌아가야지!"

"죽지 말고 부디 살아서 내 어머니를 지켜주게."

"청랑! 청랑!"

마지막 말을 전한 청랑은 원효의 품에서 숨을 거두었다. 원효는 오열하며 적진으로 달려들었다. 친구를 죽인 너희를 용서하지 않으리라. 원효의 손에 쥔 검이 시퍼런 살기와 광기로 번

득였다.

　원효의 공격에 놀란 백제 병사가 뒷걸음치다 주저앉았다. 목을 베려고 칼을 겨누었을 때, 순간 검푸르게 춤추던 검의 날이 원효의 눈빛을 비추었다. 원효는 백제 병사를 바라보았다. 적군의 얼굴에서 청랑의 얼굴이 보였다. 바로 조금 전 싸늘하게 시신이 된 친구의 얼굴이 죽여야 할 적의 얼굴에 어려 있었다. 원효는 칼을 거두었다.

　"가거라. 우리의 전쟁이 아니다. 그들의 전쟁이다. 내가 너를 살렸듯이 너도 우리를 살리거라."

　백제 병사가 소리쳤다.

　"죽여라! 왜 죽이지 않는 것이냐. 죽여라! 백제의 전사로 죽고자 한다."

　그 역시 구차하게 목숨을 구걸하고 싶지 않았다. 백제 용사로서 백제의 자랑이고 싶었기에, 그렇게 그는 백제의 피울음으로 죽여달라고 절규했다. 원효는 칼을 거두었다. 하늘로 고개를 돌린 채 원효는 친구인 청랑에게 하듯 그에게 말했다.

　"떠나라. 하늘이 준 생명을 소중히 하라."

　"나를 죽이거라. 제발!"

　"이미 내 사랑하는 친구를 잃었다. 너도 너를 사랑하는 사람들에게 돌아가거라."

　"……."

　수많은 시체로 뒤덮인 전쟁터는 스산했다. 원망과 증오가 하늘까지 차오르고 분노와 애통이 땅속 깊이 파고들었다. 세상이 신음했다. 바람이 불었다. 시쳇더미에서 가느다란 신음이 들려왔다. 시쳇더미 속에 살아있던 신라군을 발견한 원효는 그를 들쳐업었다.

원효의 등 뒤로 해가 지고 있었다.

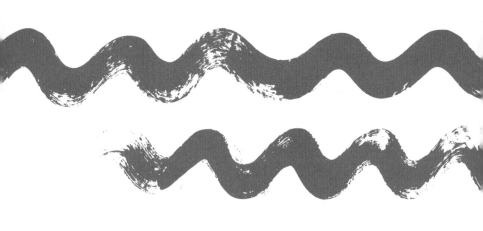

1

"마음이 일어나면 모든 것이 생겨나고, 그 마음이 사라지면 모두 다 사라지는 것이네. 그 마음조차도 본래 없는 것인데 무엇을 더 찾을 것이 있겠는가? 나는 이미 공부를 끝냈다네!"

출가를 택하다

할아버지 잉피공과 원효는 밤나무 숲을 산책했다. 신라인의 존경을 받는 잉피공은 따뜻한 성품과 동시에 단호한 결단력을 갖춘 인물이었다. 전장에서 살아 돌아온 손자와 함께 밤나무 숲을 걷는 일은 이제 삶의 마지막을 준비하는 노인에게는 축복이었다.

"살아서 돌아왔구나."

"예, 할아버지. 뵙고 싶었습니다."

"우리 육두품에게는 공을 세워서 화랑으로 성공하는 길뿐이다. 내 손자가 자랑스럽구나. 너는 무예가 출중하고 학식 또한 그에 못지않으니 꼭 가문을 일으켜야 한다."

"……."

대답할 수가 없었다. 할아버지의 뜻을 이해 못 하는 바는 아니나, 원효의 마음속에는 이미 새로운 불씨가 타오르고 있다. 그것은 세상을 살리고, 자신도 살리며, 가문도 살리는 상생의 길이었다.

"할아버지, 성공한다는 것이 과연 무엇입니까?"

"……."

"계속된 전쟁으로 무고한 사람들이 죽어 나가고 있습니다. 전쟁에 동원되어 저들의 뱃속을 채우는 일은 이제 그만두겠습니다."

잉피공은 놀랐지만, 애써 마음을 가라앉히며 손자의 말을 들었다. 원효는 자신을 뚫어지게 바라보는 할아버지의 시선을 피하지 않았다.

"할아버지, 저는 부처님 제자가 되고자 합니다."

"뭐라고?"

"승려가 되겠습니다. 사람을 죽이는 일이 아닌 사람을 살리는 보살의 길로 나아가겠습니다. 이미 결심을 하였으니 할아버지께서는 제 뜻을 받아주십시오."

할아버지와 손자는 서로를 바라보기만 할 뿐 한동안 말을 잇지 못했다. 잉피공은 탄식하며 하늘을 쳐다보았다.

"나와 네 아비는, 원효 너의 태몽이 하도 남다르기에 뭔가 큰일을 할 거라 기대했다. 너는 뛰어난 화랑이 아니더냐? 우리들 육두품에게는 드러나지 않는 한이 있다는 걸 너도 모르는 바 아닐 게다. 신라에서는 성골이나 진골이 아니면 나머지는 잡골이다. 잡뼈인 셈이지. 너만이 가문을 일으킬 거라 믿었다."

"할아버지…."

잉피공은 깊게 한숨을 쉬며 다시 원효를 바라봤다. 그리고 손자의 어깨를 두 손으로 감쌌다. 어쩌면 사랑하는 손자에게 해 주는 마지막 말일지도 모른다는 생각이 스쳐 지나갔다. 그래서 한마디를 내뱉을 때마다 신중할 수밖에 없었다.

"원효야."

"예, 할아버지."

"네가 태어날 때 오색구름이 땅을 덮었단다. 마을 사람들은 세상을 구할 아이가 태어났다고 굳게 믿었고."

"송구합니다. 할아버지."

"그래. 원효야! 너의 길을 가거라."

"할아버지."

"나는 작게 살았다. 내 가족 내 자손들만 알고 살았다. 원효야! 하늘의 기운을 받은 너는, 내 손자 원효는, 너에게 정해진 큰 길을 가거라! 험난하고 고통스러운 길이더라도 기꺼이 즐겁게 가거라. 내 어찌 너의 길을 막겠느냐."

청아한 범종소리가 새벽을 깨우고 만물을 깨우는 시각. 고요히 선정에 든 자장 율사는 조금 있으면 원효가 찾아오리라는 것을 알고 있었다. 그리고 자신이 직접 원효의 머리를 깎아주리라 생각했다.

자장은 진골 출신이었다. 자식이 없었던 아버지 무림공은 천수천안관세음보살님께 빌고 빌면서 아들을 낳으면 장차 진리의 바다로 가는 징검다리가 되게 하겠노라고 약속을 했었다. 그 약속 때문인지 부부는 아들을 낳았고, 일찍 부모를 여원 아이는 자신이 세상에 태어난 이유를 너무나 쉽게 깨달았다.

그래서 벼슬자리와 같은 세상의 유혹을 뿌리치고 홀연히 수행자의 길을 선택할 수 있었다. 자장은 수행처를 가시덤불로

막고 극한의 수행에 매진했다. 당나라에 가서는 장님의 눈을 뜨게 하는 법력으로 당태종에게도 인정을 받았으나, 조국 신라가 기다리고 있었기에 다시 돌아왔다. 자장이 원효의 앞날을 축원할 수 있었던 건 그의 이러한 행적이 있었기에 가능했다.

전쟁으로 시달린 백성들은 하루도 살기 어려운 고통과 지옥 속에서 연명해야 했다. 권력을 가진 자들은 한줌 권력이라도 더 가지려 기를 쓰면서 백성들을 사지로 내몰았다. 아무리 많은 백성이 굶주림과 전쟁으로 죽어나간다 해도 눈 하나 꿈쩍 않는 권력의 야만을 체험하면서 자장은 황룡사를 떠날 결심을 굳히고 있었다.

황룡사의 문은 오늘도 굳게 닫혀 있었고 성골이나 진골이 아니고서는 출입하기가 어려웠다. 원효가 오리라는 것을 알았던 자장은 미리 황룡사 승려들에게 원효가 오면 자신의 처소로 안내하라고 일러두었다. 기다리던 원효가 자장의 처소 앞에 당도했다. 자장은 밖에 서 있는 원효를 불러들였다.

"들어오너라."

당당하고 굳건한 모습으로 처소 안으로 들어서는 원효를 보며 자장은 생각했다.

'그대는 중생을 위해서 고통 따위는 바위 같은 굳건함으로 견뎌내겠구나!'

자장의 마음이 황금빛 바다 위를 걷는 듯했다. 자장에게 절을 올린 원효가 말했다.

"대사님, 출가하고자 합니다."

자장은 호탕하게 웃었다.

"귀한 사람이 황룡사에서 출가하게 되었구나. 인연 따라 이 곳에 왔고, 인연 따라 내가 원효의 머리를 깎아주는구나. 자, 내 미리 준비를 해두었으니 법당으로 가자."

법당은 고요했다. 시간이 멈춘 듯 바람 한 점 불지 않았다. 자장은 잠시 원효를 바라보다가 이윽고 삭도를 들었다. 긴 머리카락 한 줌이 법당 바닥에 툭 떨어졌다. 원효의 감은 눈이 파르르 떨렸다. 간절한 기도가 마음속 깊숙한 곳에서 솟아올랐다.

이제 중생들의 고통을 짊어지겠습니다.
이 몸을 다 바쳐서
이 몸을 내던져서 중생을 살리겠습니다.
던져진 저의 몸이 뼈까지 조각난다고 하여도
그 길이 중생을 살리는 길이라면 기꺼이 달려가겠습니다.
저를 받아주소서.

삭발식이 끝났다. 법당 안에 햇빛이 깊게 들어왔다. 원효의 출가를 축복하듯 종소리가 청아하게 울려 퍼졌고 새들은 지저귀며 노래했다.

황룡사에서 붙임성 있기로 소문난 보광 스님과 원효는 금세 친해졌다. 보광은 원효에게는 출가 선배이며 당나라 유학까지 다녀온 성골 출신의 미래가 보장된 수행승이었다. 그러나 보광은 황룡사의 문이 너무 무겁다고 느꼈고, 늘 깨달음의 큰 수

레바퀴를 어떻게 굴릴 것인가 염려했다. 그러던 차에 원효가 나타났고, 원효는 그 모든 숙제를 한꺼번에 해결해줄 진정한 도반으로 보였다.

'원효라는 행자는 이 불의한 세상과 전쟁을 진짜 끝장내줄 사람이 아닐까?'

보광은 먼저 원효에게 다가갔고 먼저 눈빛을 마주쳤으며 먼저 합장했다. 각자의 처소로 들어갈 때면 원효의 그림자를 말없이 바라보았다. 그것만으로도 행복했다. 그러던 어느 날 저녁 예불을 마친 원효가 떠난다며 인사를 하러 왔다.

"자네 이 밤에 어디를 가려는 겐가?"

"황룡사는 제가 있을 곳이 아닙니다."

"그럼, 어디를 가려고?"

"저는 고구려에서 오신 보덕 스님을 뵈러 가야겠습니다. 이곳에 있는 동안 고마웠습니다."

"아니, 자네…."

"훗날 다시 만나 뵙도록 하지요."

말리고 싶었다. 중들도 권력을 잘 잡아야 한다고, 황실을 등에 업은 황룡사는 모두가 못 들어와서 안달인데 그런 황룡사에 들어와 있는 자네가 뭐가 아쉬워서 떠나려 하느냐고 원효의 길을 멈추게 하고 싶었다. 그러나 보광은 원효의 길은 멈출 수도 중단할 수도 없다는 것을 짐작으로 알고 있었다.

"그래, 우리는 다시 만날 것이네. 아무렴 그렇고말고. 출가자가 만남과 헤어짐에 연연하는 일은 없다네. 만나면 헤어지고 헤어지면 만나는 것 아닌가. 부디 몸조심하게."

원효는 밤길을 택했다. 번거로운 것도 싫었고, 무엇보다 세상의 어둠에서 출발해 결국은 세상을 밝음으로 이끌기 위한 첫 여정이라는 생각이 들었다. 원효는 이제 막 무명의 어둠으로부터 길을 나선 것이다.

중생은 모두가 무명의 깊은 어둠에 파묻혀 있다. 나오려 해도 늪에 빠진 것처럼 허우적거리기만 했다. 전쟁터는 다른 곳에 있지 않았다. 삶 자체가 전쟁터였다. 어둠 속에 살다가 어둠 속으로 빨려 들어가는 것처럼 모두가 허망하게 살다가 허망하게 삶을 마치곤 했다.

'그래, 이제 무명을 밝혀보자. 중생들 스스로의 등불로 자신을 비추게 하자. 그 시작은 깊은 어둠이었으나 우리가 도착하는 곳은 불성의 밝은 세상일 것이다.'

고구려의 대선사 보덕 화상이 완산주로 내려와 경복사에 머물고 있었다. 이른 아침의 경복사는 분주했다. 경복사 법당은 아침 햇살로 화사했고, 가을빛을 머금은 법의 바람이 풍경소리와 함께 살며시 경내로 스며들었다.

경복사 입구에 다다른 원효는 잠시 손으로 바람의 향기를 음미했다. 경복사의 바람이 원효의 바깥에서 안으로 안에서 바깥으로 수시로 드나들었고, 원효의 손등에서 손바닥까지 아무런 장애 없이 통과했다. 바람의 소리와 바람의 빛깔이 얼마나 청명했던지 원효는 바람과 자신의 몸을 구별하기 힘들었다. 가을바람은 달고 시원하게 원효의 뺨을 스쳤고, 더러는 살갗을 파고들며 가벼운 떨림을 불러왔다.

얼마 있지 않아서 보덕의 제자가 미소를 지으며 다가왔다. 두 사람은 마주보며 합장했다. 원효는 보덕을 뵈러 왔으니 여쭈어 달라고 부탁했고 곧 보덕의 처소로 들어갈 수 있었다. 보덕은 일일이 제자들에게 차를 따라주고 있었다. 제자들은 경건하게 차를 받아들었고 차분하게 앉아서 보덕의 온화한 모습을 바라보았다.

보덕은 들어와 절을 올리는 원효에게 자리를 권하며 차를 건넸다. 원효는 반듯한 자세로 찻잔을 받아들었다. 보덕은 제자들에게 당부했다.

"고구려가 도교만을 존중하고 불교를 억압해서 우리가 이곳 완산주로 왔느니라. 너희들은 정신을 더욱 굳건히 하거라. 불퇴의 정신으로 수행에 임하도록 해야 하느니라."

"네 스승님, 명심하겠습니다."

모두가 말없이 차를 마시고 말없는 대화를 나누었다. 차를 마시던 원효가 보덕을 바라보았다. 듣던 대로 보덕은 승가의 자애로운 스승이었다. 고구려 용강현 사람답게 온화한 말투에도 결기와 용맹함이 배어 있었으며 말은 느렸지만 단호했다. 고구려를 떠나 제자들을 데리고 완산주에 올 수 있는 담대함이 그 안에 있었다.

원효는 평생 누구를 딱히 스승으로 정하지 않았기에, 스승이 있다고도 없다고도 할 수가 없었다. 다만 도를 구하기 위한 구도의 길에서 중생을 위한 길을 찾고 있었다. 전쟁이 끝나야 중생의 고통도 덜 수 있기에, 끊임없이 전쟁을 일으키는 권력을 냉철하게 직시했다. 원효는 이러한 자신의 생각을 보덕에게 전했다.

"대사님, 전쟁으로 너무나 많은 백성들이 죽어가고 있습니다. 죽어 원혼이 되거나 살아있어도 불구가 되었습니다. 이 땅을 피바다와 눈물바다로 만들어버렸습니다. 사람 사는 세상이 아니라 생지옥이 되었습니다. 설사 멀쩡하게 살아 돌아왔다고 해도 백성들은 또 다른 전쟁에 끌려나가야 합니다. 그들이 도대체 누구를 위해 죽어야 하는 겁니까!"

보덕은 원효를 바라보며 지그시 웃었다.

"앞으로 삼국이 통일될 것인데 내 나라 남의 나라가 어디 있겠는가? 게다가 하늘 아래 다 같은 백성인데 누구 손에 통일이 된다는 것은 또 뭐 그리 중요하겠는가? 고구려가 하건 백제가 하건 신라가 통일을 하건 그것은 문제가 아니라네. 자네 말대로 더는 전쟁이 없어야 백성들이 살 수 있다네. 자네가 다시 신라로 넘어가야 하듯 나는 고구려를 넘어왔네. 사사로움을 넘어 통일을 이루어야 할 것이네. 모든 것이 중생을 바라보고 가면 되느니, 자네는 오로지 중생만을 보고 가게나. 자네만이 권력의 눈치를 보지 않고 중생 속에서 중생과 함께 중생을 살리는 길을 찾아낼 수 있네."

원효는 보덕의 뜻을 깊이 성찰했다. 힘들게 찾아온 경복사에서 보덕과 산책도 하고 선수행을 하며 일주일을 보냈다. 때로는 밭에 나가 풀도 뽑으며 마음을 다잡았다. 경복사의 청명한 가을 하늘은 맑고 푸르러 세상의 하늘이 아니라 천상의 하늘인 것만 같았다.

파란 하늘 한 점이 원효의 가슴에 들어왔다가 빛을 발하고 다시 하늘로 돌아갔다. 그 찰나의 순간에 원효는 탁 트인 허공의 마음으로 모든 중생의 마음을 느끼고 중생과 하나가 되었다. 하나의 마음은 여기 경복사에서도, 내일 내려가게 될 작은 마을에서도 이어질 것이었다.

중생의 마음과 원효의 마음 그리고 풀 한 포기의 마음이 모두 하나가 되었다.

당나라 유학을 내던지다

원효와 의상은 걷고 또 걸었다. 논길을 걷고 산비탈을 넘었으며 시냇물도 건넜다. 쉼 없이 걷고 또 걸었다. 지난번엔 고구려를 통해 당나라 유학길에 올랐다가 낭패를 보았기에 이번엔 좀 더 안전한 길을 택하기로 했다. 의상은 든든한 원효가 있어서 한층 발걸음이 가벼웠다.

"사형, 그래도 당나라로 가려면 이 길이 제일 안전합니다. 지난번에는 고구려 병사에게 잡혀 죽을 뻔했으니 이번에는 성공해야 하지 않겠습니까. 저는 사형께서 계시니 든든합니다. 힘든 줄을 모르겠어요."

묵묵히 걷고 있던 원효가 하늘을 올려다보았다. 먹구름이 몰려오고 있었다.

"비가 곧 쏟아질 것 같네."

원효의 말이 떨어지자 의상도 머리 위를 시커멓게 덮은 먹구름을 보며 말했다.

"예, 사형. 아무래도 근처 토굴에서라도 비를 피해야 할 것 같습니다. 날이 너무 어두워져서 길을 찾기도 어려우니 저기 보이는 토굴에서 하룻밤 묵어가지요."

천둥과 함께 세차게 비가 쏟아졌다. 우주라는 큰 북을 사정없이 두드리듯 천둥소리가 요란했고, 산비탈을 흔들기 시작했다. 하염없이 쏟아지는 굵은 빗줄기로 원효와 의상의 마음도 다급해졌다. 깊이 깔린 어둠 때문에 길을 잃을 수도 있거니와 세찬 비가 쏟아지는 밤길은 너무 위험했다.

때마침 토굴을 발견한 것은 다행이었다. 둘은 우레와 비를 피해 안으로 들어갔다. 생각해보니 제대로 먹지도 못하고 하루 종일 걸었다. 몹시 피곤했으므로, 누가 먼저랄 것 없이 눕자마자 곤하게 잠에 빠져들었다.

의상보다 일찍 깬 건 원효였다. 원효는 주위를 둘러보았다.

'간밤에 목이 말라서 잠시 깨었던 것 같은데, 잠결에 시원하게 물을 마신 기억이 있는데….'

이런 토굴에서 어떻게 그런 물을 마실 수 있었는지 궁금했다.

"아니, 이럴 수가!"

여기저기 해골이 뒹굴고 있었다. 억지로 정신을 차리고 찬찬히 살펴보니, 해골 안에는 걸쭉하게 부패한 물이 고여 있는 것이 아닌가. 다른 해골에는 구더기가 들끓었고, 또 다른 해골 안에서는 물과 구더기가 서로 범벅이 되어 꿈틀거렸다.

어제 마신 물이 떠오른 순간, 원효는 밖으로 뛰쳐나갔다. 몸 안에 있는 모든 것을 뽑아내려는 듯 나무둥치를 붙잡고 격하게 토해냈다. 어젯밤 마신 물이 구더기가 범벅인 해골 물이었음을 원효는 직감했다. 여전히 비가 내리고 있었다. 비는 그깟 지난밤의 일 정도에는 무심했다. 그런 비를 맞으며 원효는 죽을 것처럼 토악질해대는 자신의 모습을 보고 있었다. 그제야 잠에서 깬 의상이 토굴 밖으로 원효를 찾아 나섰다.

"사형, 어디 편찮으십니까?"

영문을 모르는 원효의 행동에 의상은 깜짝 놀랐다. 원효는 고개를 끄덕였다.

"괜찮네. 어제는 그리도 안락한 잠자리에 그리도 시원한 청량수더니만…."

미처 원효가 내뱉은 말의 의미를 파악하지 못한 의상은 날씨를 걱정했다.

"사형, 빗줄기가 너무 심하니 아무래도 이곳에서 하룻밤을 더 머물러야겠습니다. 비가 이리도 세차게 몰아치는데 어찌하겠습니까."

그러자고 대답한 원효는 세차게 몰아치는 비바람 소리를 들으며 서 있었다. 이윽고 다시 밤이 찾아왔고 피곤에 지친 의상은 금방 잠이 들었다. 누적된 피로감이야 원효라고 해서 비껴가진 않았지만, 이상하게 원효는 잠을 이룰 수 없었다. 원한 맺힌 귀신이 달려드는 환영으로 시달리기도 했고, 음산하고 기괴한 목소리가 들리는 듯하기도 했다. 그들이 토굴이라고 들어온 곳은 가족무덤이어서 입구가 길었는데, 자꾸만 그 입구로 귀신들이 몰려올 것만 같았다.

원효는 조용히 일어나 가부좌를 틀고 선정에 들었다. 마음을 가다듬고 그 마음을 바라보았다. 얼마 후 원효의 입가에는 미소가 번졌다.

'이제 나는 알게 되었구나!'

새벽녘에 깨어난 의상이 짐을 꾸리며 어서 길을 서두르자고 재촉했다. 원효가 나지막히 말했다.

"나는 당에 유학을 가지 않겠네!"

의상은 깜짝 놀랐다.

"사형, 갑자기 무슨 말씀입니까?"

나고 죽는 문제를 이미 끝냈으니 더는 바라는 것도 올라갈 곳도 없다고 원효가 대답했다.

"나고 죽는 문제를 끝내다니요? 어떻게 공부를 끝냈다는 겁니까?"

의상의 물음에 원효는 미소로 답했다.

"마음이 일어나면 모든 것이 생겨나고, 그 마음이 사라지면 모두 다 사라지는 것이네. 그 마음조차도 본래 없는 것인데 무엇을 더 찾을 것이 있겠는가? 나는 이미 공부를 끝냈다네!"

힘들게 여기까지 왔는데 당나라 유학을 포기하다니. 의상은 이해할 수 없었다. 그동안 얼마나 공을 들여 준비한 유학인가. 그런 의상의 마음을 잘 알기에 원효는 차분하게 다시 일렀다.

"마음이 일어나고 마음이 사라짐에 따라 세상이 달라진다네. 집처럼 아늑하고 편안하던 잠자리가 사실은 무덤이었다는 걸 알게 된 순간, 귀신이 달려드는 공포를 느꼈네. 마음이 일어

나고 마음이 사라짐에 따라 똑같은 현상도 너무나 다르게 다가
왔네. 이 세상은 오로지 마음뿐이네. 모든 것이 마음으로 만들
어지고 마음밖에는 아무것도 없는데 무엇을 따로 구하겠는가?
나는 당나라에 갈 필요가 없어졌다네!"

의상은 존경하는 사형 원효와 함께 당나라에서 선진 불교
를 공부하며 유학하고 싶었다. 진리를 이해하는 데 있어서나 진
리를 행함에 있어서나 원효는 의상이 존경하고 의지할 수 있는
유일한 사형이었다. 의상은 마지막으로 한 번만 더 설득해보기
로 했다.

"사형, 물론 깨달음은 신라에서도 얻을 수 있겠지요. 하지
만 경을 제대로 공부하려면 그래도 당나라를 다녀와야 하지 않
겠습니까?"

원효는 호탕하게 웃었다.

"경 공부 때문이라면 크게 걱정하지 마시게. 앞서 말했다
시피 나는 당나라에 갈 필요가 없어졌네. 이곳에 진리가 있는데
굳이 밖에서 찾을 이유가 뭐 있겠나? 헤어지기 아쉬우나 후일
다시 보기로 하고, 자네는 어서 길을 서두르시게. 갈 길이 멀다
네."

더는 조를 수도 물을 수도 없었다. 당나라 유학을 함께하지
못하더라도 구도의 길을 함께 걷는 도반으로 마음이라도 늘 사
형과 함께하면 되는 것 아닌가. 그렇게 그들은 서로의 앞날을
축원해주었다.

의상은 원효에게 인사를 올리고 당나라로 가는 발걸음을

재촉했다. 어느새 비는 그쳤고, 맑게 갠 하늘 위로 솔개 한 마리가 유유히 날고 있었다. 그 솔개를 바라보며 원효 또한 자신의 길을 걷기 시작했다.

공덕천녀와 흑암천녀

서라벌로 돌아오는 길은 처참했다. 수많은 백성들이 전쟁으로 신음했다. 배고픔으로 길가에 쓰러진 사람들, 장례를 치르며 통곡하는 사람들, 죽은 아이를 안고 울부짖는 어미들까지. 여기저기 전쟁이 휩쓸고 간 상처들이 애통하고 서럽게 울고 있었다. 백성들의 눈물을 보며 원효는 피눈물을 흘렸다.

"내가 저들 속으로 들어가리라. 저들의 속으로 들어가 모두가 부처임을 알게 하리라."

원효는 한동안 감고 있던 눈을 뜨고는 외쳤다.

"나는 당신들을 불쌍히 여기는 게 아니오. 당신들은 이미 부처외다! 나 원효는 당신들을 정성으로 모실 것이오. 사람이 만든 권력으로 죽어 나가는 당신들을 지킬 것이오!"

깊은 밤, 서라벌 거리는 을씨년스러웠다. 원효가 결심을 다지는 순간 눈앞에 두 여인이 나타났다. 가장자리가 금빛으로 빛나는 흰 두건을 쓰고 눈부시게 아름다운 흰옷을 입은 여인이 다가왔다. 같이 있던 다른 여인은 땅속 어둠처럼 검은 두건을 쓰고 깊고 무거운 검은 그림자의 옷을 입고 있었다. 원효는 한눈에 그들이 천녀임을 알아챘다. 말로만 듣던 공덕천녀와 흑암천녀가 이들이었다.

흑암천녀의 몸에서는 쉴 새 없이 검은 연기가 피어올랐고, 서라벌과 인근의 집마다 스며들었다. 깊은 어둠의 옷 때문에 하얀 흑암천녀의 얼굴은 더욱 창백하게 보였다. 두건을 쓰고 있어서 눈이 잘 보이지는 않았으나 오뚝한 코와 아름답고 붉은 입술은 세상을 제압할만한 어두운 재앙의 기운을 품고 있었다. 흑암천녀의 곁에서 웃고 있는 공덕천녀는 신비로운 빛을 발산했다. 빛과 어둠이 이처럼 다정할 수 있단 말인가. 원효는 다가오는 두 천녀에게 공손히 인사했다.

"공덕천녀와 흑암천녀 아니십니까?"

두 여인은 한사람처럼 똑같은 목소리로 똑같이 입을 모아 말했다.

"원효 대사님, 천상을 떠나서 어찌 이곳에 내려오셨습니까? 그리고 이렇듯 중생들의 고통을 아파하시다니요. 어찌 되었든 우리 두 천녀의 인사를 받으십시오."

두 천녀는 허리를 굽혀 다소곳이 인사했다. 원효는 호탕하게 웃으며 답했다.

"두 천녀님 감사합니다. 헌데 흑암천녀님의 어두운 기운이 크게 일어나 세상을 재앙으로 뒤덮고 있습니다."

공덕천녀는 빙그레 웃으며 원효의 말에 응대했다.

"우리 둘은 서로 떨어질 수 없는 사이가 아니겠습니까? 이렇게 꼭 붙어 다녀야 하는 우리의 운명은 곧 중생들의 운명이기도 하지요. 이 땅의 백성들은 전쟁으로 인해 더할 나위 없이 고통스러운 삶을 살고 있지만, 고통과 재앙이 따르는 만큼 공덕과 행복도 꼭 따라오는 법이니까요. 원효 대사님이야말로 중생들에게 공덕을 베푸시는 분입니다. 고통받는 백성들을 모두 하늘의 기운으로 감싸 안으시니 그 공덕이 얼마나 크겠습니까? 중생들에게 축복이 있기를 간절히 비옵니다."

두 천녀는 미소를 지으며 원효를 응시했다. 잠시 후 얼음처럼 차가운 흑암천녀가 무겁게 말을 이었다.

"대사께서 계시니 공덕천녀의 기운이 더욱 환하게 일어나 제가 뿜어내는 검은 재앙의 기운이 소멸되고 있습니다. 우리는 붙어 다니고 헤어질 수 없는 관계입니다. 마치 행복과 불행이 붙어 다니듯이 우리도 함께하고 있습니다. 원효 대사님께서는 중생과 함께하시고 모든 중생을 구하겠다는 일념을 가지고 계시니, 부디 그 뜻을 이루시기 바랍니다."

원효는 두 천녀에게 다짐의 인사를 했다.

"중생의 고통을 덜어주려면 하늘의 기운을 땅에, 땅의 기운을 하늘에 통하게 해야지요. 중생들과 춤추고 노래하려 합니다. 관세음보살님은 어디에나 계시다는 것을 아는 것이 극락의 문을 여는 것이니까요."

흑암천녀가 미소지으며 말했다.

"서로 붙어 다니는 재앙과 행운, 우리 두 천녀처럼, 대사께서는 암흑의 세상에 공덕의 빛이 있음을 중생들이 알게 하실 겁니다. 그들을 깨어나게 하실 거예요."

공덕천녀도 따사롭게 미소를 지었다. 두 천녀는 합장을 하고 원효에게 마지막 인사를 했다.

"저희가 주어야 할 재앙과 축복이 아직 너무 많아서, 다음에 또 뵙지요. 대사님의 밝고 크신 마음이 이 땅에 젖어 들어, 얼었던 땅이 녹고 새롭게 생명이 소생합니다. 다음에 또 뵙게 될 날이 있을 겁니다."

같은 목소리로 인사를 건넨 두 천녀는 말을 마치자마자 연기처럼 사라졌다. 두 천녀의 모습은 더 이상 보이지 않았고, 차가운 서라벌 거리는 백성들의 신음으로 잠들지 못했다. 원효는 분황사로 발걸음을 재촉했다.

나무아미타불 관세음보살

분황사에서 나온 원효는 빠른 걸음으로 서라벌 장터에 도착했다. 장터는 물건을 사고파는 사람들로 분주했다. 주모의 넋두리가 흘러나오는 주막집에는 허기진 배를 채우는 사람들로 가득했다. 장터 입구에 들어서면서부터 원효는 여러 사람과 인사를 주고받았다.

장터 사람들에게 원효는 친숙한 스님이었다. 스님이라는 부류는 황족이나 귀족만 상대한다고 생각했는데, 천한 사람들을 허물없이 반겨주는 원효를 장터 사람들은 고마운 존재로 여겼다. 여기저기서 반갑다는 목소리가 들려왔다. 원효 스님 오셨냐는 인사에는 거짓 없는 즐거움이 묻어 있었다.

갑자기 거지들이 떼거리로 나타나더니 원효 주위로 시끌벅적하게 모여들었다. 허리춤에 밥을 빌러 다니는 표주박을 차고 있는 거지들은 누구나 할 것 없이 더러운 얼굴에 더벅머리를 하고 있었다. 하지만 누구보다 신바람이 난 얼굴이었다.

"얼른 사복이 왕초님께 대사님 오셨다고 알려야지."

그중 진중해 보이는 덕팔이 말했다. 덕팔은 거지 떼의 이인자로 사복의 충복이었다. 어찌 된 일인지 거지들은 사복에게 목숨을 걸고 충성했다. 그토록 충성하는 왕초의 가장 친한 친구가 바로 원효였으니, 서라벌 일대의 거지들이 원효를 자랑으로 여기는 건 당연했다.

육두품 화랑 출신의 승려가 자신들의 왕초와 격의 없이 지내는 모습은 천민인 그들의 눈에는 의아하고 이상하면서도 파격적이었다. 그 자체로 세상이 뒤집힌 것 같은 도무지 이해할 수 없는 일이었다. 그들은 신기했다.

특히 덕팔은 자신의 어린 여동생이 팔려나가는 것을 사복이 왕초가 구해준 일이 있었기에 자신을 늘 제일 심복으로 자부하고 은혜를 갚고자 했다. 비루한 거지들의 세상에서도 사복이가 나타난 이후에는 의리도 생기고 인심도 생겼으며 서로가 서로를 의지했다.

원효를 보려고 사람들이 점점 모여들기 시작했다. 원효는 주막집 평상 위로 올라가 모여든 사람들을 위해 단호하고 힘 있는 목소리로 말했다.

"곧 다시 전쟁이 시작될 겁니다. 전쟁은 승리도 패배도 없습니다. 우리 모두를 죽음으로 몰아넣을 뿐입니다. 여러분, 전쟁에서 살아남으십시오. 살아서, 부디 살아서 이곳을 극락으로 만들어 봅시다. 살아도 죽은 것이나 다름없는 이 생지옥을 끝장내고 극락 세상을 만들어 봅시다."

"네, 그렇게 하겠습니다. 스님."

"꼭 전쟁에서 살아남아서 극락 세상을 만들겠습니다."

원효의 진심 어린 걱정과 간절한 부탁에 장터에 모인 사람들은 그렇게 하겠노라고 대답했다.

"나무아미타불 관세음보살을 계속 외우십시오. 그러면 우리도 극락에 가게 됩니다. 귀족들만 극락에 가는 것은 부처님 뜻이 아닙니다. 나무아미타불 관세음보살만 지극히 염불하면 됩니다. 그러면 극락에 갈 수 있습니다."

"……"

"나무아미타불 관세음보살."

"나무아미타불 관세음보살, 나무아미타불 관세음보살, 나무아미타불 관세음보살."

두레박을 목탁 삼아 원효의 선창이 있었고 거지 떼들이 일제히 합세했다. 주춤거리던 사람들이 하나둘씩 끼어들더니 이내 더 많은 사람들이 동참하기 시작했다. 서라벌 장터는 어느새 온통 관세음보살의 노래로 가득 채워져 구석구석 관세음보살을 외치지 않는 사람이 없을 정도였다. 불국정토가 어디 따로 있으랴만 나무아미타불 관세음보살이 힘차게 울려 퍼지는 이때만큼은 서라벌 장터가 바로 서방의 극락정토인 듯했다.

노래가 끝나갈 무렵 사복이 나타났다. 사복의 검은 눈썹은 인상적이었다. 날카로운 눈매는 매의 눈처럼 정확한 초점을 유지한 채 빛났고, 단단하게 다문 입술은 언뜻 보기에도 허언 같은 건 하지 않는 사람임이 느껴졌다. 허름한 옷을 입고 표주박을 든 영락없는 거지였지만 어떤 서라벌 귀족도 사복의 기품을 따라올 수 없었다. 그런 사복이 원효를 향해 성큼성큼 걸어오더니 원효를 두 팔로 끌어안았다.

"이보게 원효, 우리 거지들이 밥을 빌려고 들고 다니는 두레박을 가지고 이리 노래를 잘하니 자네와 우리는 경쟁자일세 그려. 허허허."

"그런가? 내 재주가 자네들 노래를 따라갈 수 있겠는가. 아무튼 그리 생각해주니 고마우이. 하하하."

원효의 대답에 모인 사람들은 모두 웃음바다를 이루었다. 오랜만에 있는 그대로의 웃음, 마음속 앙금이 사라지고 헤진 살이 다시 돋아날 것 같은 웃음이었다. 장터 사람들은 정말 오랜만에 함께 웃었다. 그뿐이 아니었다. 장터 사람들은 나무아미타불 관세음보살을 염하면 극락에 갈 수 있다는 원효의 말을 가슴속 깊이 새기면서 몸이 구석구석까지 뜨거워짐을 느꼈다.

사복도 가슴을 활짝 열고 웃었다. 처음 만났을 때 원효와 사복은 단숨에 서로를 알아보았다. 원효는 사복과 자신의 전생을 기억했고, 사복도 잘생긴 황룡사 출신의 스님이 자신과는 전생과 현생의 도반임을 알고 있었다. 처음 만난 순간부터 의기투합해 함께할 수 있었던 건 이런 연유에서였다. 현생의 출신과 하는 일은 중요하지 않았다. 인연 따라 오고 인연 따라 갈 것인데 출생 신분이 무엇이 중요하겠는가. 한마음으로 만났고 한마음으로 함께할 뿐이었다. 오로지 그뿐이었다.

잠시 후 원효의 무애춤이 시작되었다. 원효의 춤판이 시작되자 주막에서 술을 마시던 사람들도 젓가락으로 숟가락으로 난타를 치며 합세했다. 거지 떼들도 질세라 표주박을 두들기며 원효의 춤에 박자를 보태고 추임새를 넣었다. 추임새는 점차 커지며 모두의 함성이 되었다. 저마다 가슴에 피맺힌 한을 관세음보살의 노래로 풀어내고 있었다. 원효는 외쳤다.

"뒤집기 춤으로 세상을 뒤집어 거꾸로 된 세상을 제대로 만들어 봅시다! 잘못 보고 속지 말고 뒤집어야 제대로 보일 것이오."

춤을 추며 토해내는 원효의 사자후는 절절했다. 함께 노래하고, 함께 추임새를 넣고, 함께 장단을 맞추면서 서라벌의 백성들은 가슴속에 막힌 체증을 시원하게 뚫어냈다. 이런 거지 같은 인생에는, 이런 비참한 인생에는 눈곱만큼도 희망이라곤 없을 거로 생각했는데, 이제는 아니었다. 희망이 있구나, 기쁨이 있구나 생각할 수 있게 되었다. 그들은 가슴으로 울고 있었고, 동시에 웃고 있었다.

원효는 춤을 멈추고 사람들을 향해 말했다.

"한 해도 전쟁을 치르지 않고 보낸 적 없이 죽고 죽이면서 살아가야 한다니 이게 사람이 할 짓입니까? 나의 생명이나 저 개미의 생명이나 모두 한가지로 소중한 것인데, 저녁 무렵 하늘을 나는 박쥐도 함부로 죽이면 재앙이 오는 법인데, 하물며 사람의 생명을 탐욕을 위해 그리 죽여대다니요? 더는 서로를 죽이는 참상을 멈추어야 합니다!"

"……."

갑자기 주위가 숙연해졌다.

"죽음도 죽음이 아니고 살아있는 것도 산 것이 아닙니다. 진정 살아있으려면 내가 누군지를 알아야 합니다."

"……."

"존귀한 장터의 보살님들, 잘난 사람 못난 사람이 따로 없습니다. 부처님 품 안에서는 그런 거 없어요."

"……."

"지극하게 염불하면 기쁨과 즐거움만 있다는 극락으로 갑니다. 다 같이 따라 해 봅시다. 나무아미타불 관세음보살, 나무아미타불 관세음보살, 나무아미타불 관세음보살."

합장하고 눈물을 흘리던 주모가 원효를 쳐다보며 말했다.

"우리 스님께서는 귀한 분들만 빌어주는 스님이 아니시지, 우리같이 천한 것들을 위해 오신 분이야."

주모 옆에 서 있던 작은 아이가 눈을 반짝이며 원효에게 물었다.

"스님, 우리같이 천한 것들도 관세음보살님이 좋아하실까요?"

원효는 아이의 머리를 쓰다듬으며 말했다.

"누구보다 좋아하시지. 관세음보살님은 누구보다 사랑이 많으셔서 저 멀리서도 너의 얘기를 다 들으시고 너의 고통을 없애주려고 오신단다."

아이의 눈망울에 이슬이 고였다. 이슬이 빗물처럼 땅에 떨어졌고 아이는 이내 환하게 웃고 있었다.

2

"나는 밤에 뜨는 달빛으로 살아가고 당신 원효 스님은 새벽을 알리는 별빛으로 비춰주시구려. 아니 태양이면 더 좋을 것 같습니다. 달과 태양은 스치듯 만나고 함께할 수 없는 운명이지요. 그래도 좋습니다. 스쳐 가도 좋아요. 영원으로 간직하면 될 일입니다."

요석을 만나다

요석은 궁을 나와 말을 타고 서라벌 장터로 향했다. 원효 스님이 장터에 오셔서 법회를 한다는 얘기를 듣고 주저 없이 공주의 옷을 벗어 던졌다. 장터에는 단출한 여염의 옷으로 갈아입은 요석보다 시녀 유미가 먼저 와서 기다리고 있었다.

여염의 옷을 입었지만 요석의 자태는 향기로웠다. 봄날 피어나는 진달래빛 고운 뺨에 개나리빛 설렘이 있었다. 능숙하게 말에서 내린 요석은 잠시 말 머리를 쓰다듬어준 뒤 유미에게 고삐를 건넸다. 유미는 요석의 숨소리마저 알아들었고 누구보다 요석의 흥분과 설렘을 이해하고 있었다.

"공주님, 기다리고 있었습니다."

요석은 눈살을 찌푸리며 나무라듯 말했다.

"쉿, 조용히 하거라. 누가 듣겠구나."

유미는 움찔하며 고개를 끄덕이더니 조용히 뒷수습을 하고 요석을 바짝 따라갔다. 요석은 호기심 많고 당당한 표정으로 대중집회에 참석했다. 아무도 공주임을 눈치채지 못했다.

주변을 가득 메운 사람들 때문에 요석은 그들의 틈을 비집고 나아가야 했다. 원효를 더 가까이서 보고 싶었다. 보고 싶은 마음이 자꾸만 몸을 앞으로 이끌었다. 원효의 또렷하고 청아한 목소리가 들려왔다.

"부처님 법은 우리 모두가 하나라고 하십니다. 너와 내가 따로 있지 않은 하나이며, 모든 강물이 바다로 모여 하나가 되듯 우리는 하나입니다. 고구려와 백제도 마찬가지입니다. 우리 중생은 모두 하나이며, 하나로 연결되어 있습니다."

원효를 바라보던 요석이 말을 끊으며 큰소리로 대꾸했다.

"스님께서는 지금 적국과 우리 신라가 하나라 하십니까? 하지만 그들은 우리의 원수입니다. 죽여야 할 적이 아니겠습니까?"

잠시 미소를 짓던 원효가 더욱 힘을 주어 말했다.

"우리는 하나입니다. 서로가 피를 흘려야 할 이유가 없습니다. 통일이 되어야 하는 이유는 피를 흘리지 않기 위해서이지 굴복시키기 위해서가 아닙니다. 더 평화롭게 살기 위함입니다."

요석은 원효의 당당함에 매료되었다. 원효의 법회에 자주 참여하며 원효를 진심으로 이해하게 되었고, 자신의 조국 신라의 앞날을 걱정하기도 했다.

요석은 진덕 여왕을 기억했다. 지금은 자신의 아버지 춘추공이 신라의 황제가 되었지만 선대 여왕이었던 진덕 여왕은 자신을 친동생처럼 아끼고 사랑했다. 선덕 여왕이 진덕 여왕에게 왕위를 물려주자 진덕 여왕은 요석을 늘 궁으로 불렀다. 요석의 아버지 춘추공의 위세가 크고 압도적이었으나, 마음이 따뜻했던 요석에게서 위로를 받을 수 있었고 무엇보다 햇살 같은 요석의 미소를 보면 잠시라도 두려움이 가시는 듯했다.

진덕 여왕은 왕위에 있는 동안 공포와 두려움으로 숨조차 쉬기 어려웠다. 마르고 가느다란 진덕 여왕의 손가락은 신하들 앞에서 자주 떨렸다. 여왕의 위신은 사라진 지 오래였고 춘추공과 김유신의 세력은 더욱 커져만 갔다. 그러나 요석만은 늘 자신을 진심으로 염려해주었다.

비참하게 죽기 전에 왕위를 춘추공에게 넘겨주고, 남겨진 살아있는 날들을 요석을 불러 함께하고 싶었다. 진덕 여왕은 딸 둘을 낳고 홀로 과부로 지내는 요석이 자신처럼 외롭고 쓸쓸하게 살기를 바라지 않았다. 여왕은 세 명의 남편을 둘 수 있기에 선덕 여왕은 즉위하면서부터 셋씩이나 남편을 두어 한 남자에게로 권력이 집중되는 것을 막아보려고 했지만, 진덕 여왕은 남자라면 치가 떨렸다.

죽기 전 진덕 여왕은 요석의 손을 잡고 나직하게 말했다.

"요석은 아름다운 사람이구나. 나처럼 살지 말거라. 진심으로 사랑하는 사람을 만나 생의 모든 축복을 찬란하게 누리거라."

요석은 돌아가신 진덕 여왕이 늘 가여웠다. 그 측은한 마음이 이제는 자신을 향하고 있었다. 자신이 너무 측은하고 안쓰러웠다. 공주라고 하지만 늘 외롭고 쓸쓸하기는 마찬가지였다.

요석은 지난 일을 뒤로하고 다시 말 위에 올라탔다. 요석의 곁을 유미가 걷고 있었다. 요석이 유미에게 물었다.

"유미야, 너는 어떻게 생각하느냐?"

유미는 의미를 파악하지 못했다는 표정으로 요석을 바라보았다.

"공주마마. 무슨 말씀이신지요?"

요석은 미소를 지으며 다시 말했다.

"원효 스님 말이다. 너와 나는 어려서부터 같이 자란 처지가 아니더냐. 나를 너무나 잘 아는 너이기에 물어보는 게다."

유미는 자신의 답답한 심정을 토로했다.

"왜 하필 원효 스님이십니까? 그분을 연모하시면 공주마마께서는 고독한 삶을 사실 텐데, 왜 공주님처럼 남부럽지 않게 다 가지신 분이 고독과 고통의 길을 가려 하십니까?"

이미 마음을 정한 요석은 유미를 다정하게 바라보며 일렀다.

"대사님의 목소리를 들으면 그 한 순간이 마치 내 전 생애의 기쁨이 되는 듯 충만하더구나. 더 가지고 싶은 것도 없고, 더 가져야 할 것도 없어지는 데야 어찌하겠느냐? 아무것 없어도 충만한 진짜 나 요석이 되는 걸 어찌하겠느냐?"

말을 마치자 갑자기 화려한 가마가 요석의 앞에 나타났다. 천비랑 장군이 가마와 함께 서 있었다. 천비랑은 훤칠하게 큰 키에 조각한 것처럼 깎아놓은 반듯한 얼굴을 하고 있었지만, 어딘지 우수에 젖은 듯한 눈빛이 슬픈 그림자를 드리웠다. 요석을 보자 천비랑의 눈빛이 출렁거렸다.

"공주마마, 기다리고 있었습니다. 가마에 오르시지요. 말은 제가 타고 요석궁으로 가져다 놓겠습니다."

요석은 당황했지만 애써 태연한 척했다.

"언제부터 이리 기다리신 겁니까? 참으로 불편한 일을 하십니다."

천비랑은 무겁게 대답했다.

"저는 늘 공주님 곁에 있는 사람입니다. 귀하신 공주님께서 이리 여염의 옷을 입고 위험하게 다니시니 가마를 준비하고 기다리고 있었습니다."

요석은 가마에 올랐다. 가마에 올라 너울거리는 흰색 천 사이로 천비랑을 바라보았다. 가마는 궁으로 가는 길을 재촉했고, 가마 옆으로 나란히 흑마를 탄 천비랑이 동행했다. 천비랑이 작심한 듯 물었다.

"왜 저의 청혼을 거절하시는 겁니까? 저에게 무슨 부족한 것이라도 있습니까? 저는 공주마마께서 승낙하실 때까지 기다릴 겁니다. 아니 기다리지 말라 하셔도 이생이 다하도록 기다릴 것입니다."

요석은 천비랑의 성품을 잘 알고 있었다. 묵직한 바위처럼 늘 한결같은 사람이었다. 요석이 천비랑에게 또박또박 말했다.

"천비랑 장군은 이미 세상을 다 가진 사내가 아닙니까? 당신이 부족해서가 아니에요. 제게는 연모하는 사람이 따로 있습니다. 아마도 나는 그 사람을 만나기 위해 태어난 듯합니다. 그러니 부질없이 저의 주위를 맴돌지 마시기 바랍니다."

천비랑은 요석이 자주 궁을 빠져나와 천것들이 모이는 장터에 가는 것이 원효를 보기 위함임을 잘 알고 있었다. 천비랑은 마음이 무너져 내렸지만 이내 추스르고 단호하게 말을 이었다.

"모든 소망이 이루어질 수는 없는 법입니다. 저는 저의 방식으로 연모하겠습니다. 공주마마, 저는 태어날 때부터 공주마마의 호위무사였습니다. 그것만은 거절하지 말고 허락해주십시오."

요석은 말이 없었다. 천비랑은 나직하고 쓸쓸한 어조로 요석에게 물었다.

"공주님께서 사모하시는 분이 원효 스님이신지요? 공주님께서 저는 아니라 하시니 저는 아닌 겁니다. 하지만 공주님의 사랑을 저 천비랑이 지켜드리겠습니다. 공주님의 사랑은 쉽게 지킬 수 있는 사랑이 아닙니다. 많이 아플 겁니다. 그것을 곁에서 제가 지켜드리겠습니다."

요석의 눈에서 이슬 한 방울이 떨어졌다. 누구보다 자신의 앞날을 잘 알고 있는 요석이기에 천비랑의 맹세가 더욱 애절하게 느껴졌다.

이윽고 가마가 궁에 도착했다. 먼저 말에서 내린 천비랑이 가마에서 내리는 요석에게 손을 내밀었다. 천비랑의 도움으로 가마에서 내린 요석은 아무 말 없이 처소로 향했다. 천비랑은 그런 요석의 뒷모습을 향해 허리를 숙였다. 그리고 그녀의 모습을 바라보았다. 달빛이 천비랑의 얼굴을 비추고 있었다. 그는 혼잣말로 중얼거렸다.

"편히 쉬십시오. 공주님."

요석은 옷을 갈아입고 넉넉한 마음으로 앉았다. 저녁 식사를 마친 두 딸이 어머니 요석의 방에 차를 마시자며 들어왔다. 세 모녀가 마주 앉아 차를 마시며 다정하게 이야기를 나누었다. 요석을 닮아서인지 외모뿐만 아니라 성품까지 맑고 반듯하게 자라는 딸들이었다.

요석은 딸들을 보면서 전쟁터에서 죽은 남편의 얼굴을 기억했다. 사랑 없는 정략결혼이었으므로 둘 사이에는 말이 없었다. 백제군과의 싸움에서 전사한 화랑이었고 명문가의 아들이었던 남편 김흠운은 자신의 가문에 충실한 사람이었다.

부부의 인연이 그리 빨리 끝날 줄 몰랐으나, 그들 사이에는 두 딸이 태어났고 이제는 요석의 살뜰한 보살핌으로 아름답고 씩씩하게 자라고 있었다. 세 모녀의 차담이 다정하게 이어지는 동안 밤이 깊어가고 있었다.

요석의 고백

허름하게 차려입은 요석은 오늘은 기어이 자신의 마음을 터놓으리라 작정하고 시녀 유미와 함께 궁을 빠져나왔다. 자신의 운명을 이미 결정한 터라 더는 두려움도 망설임도 없었다. 주막집에서 거지 떼들과 어울려 있는 원효를 찾아내고선 원효 앞에 자리를 잡고 털썩 앉았다. 어디서 나타났는지 허락도 없이 앉아서, 당당하게 자신을 쳐다보는 요석을 원효는 그리 신경 쓰지 않았다.

"저는 어제 스님의 법회를 들은 과부입니다. 전쟁 중에 남편을 잃고 딸 둘을 키우고 있는 과부지요. 저도 이 자리에 합석해서 스님의 말씀을 듣고 싶습니다. 그래도 되겠습니까?"

원효는 담담하게 그러라고 대답했다. 그런데 갑자기 요석의 힐난이 이어졌다.

"스님께서는 왜 그리 사십니까?"

순간 멈칫한 원효가 요석을 보았다. 한 남자를 향한 마음을 넘어 자신의 근원을 찾고자 하는 강한 모험심으로 요석의 두 눈이 반짝였다. 원효는 씩 웃었다. 처음으로 요석을 제대로 본 것이었다.

"시비라도 걸러 오셨습니까? 제 스승이라도 되실 요량이십니까? 허허. 각자 자신의 길이 있는 거지요."

요석은 지지 않고 재차 물었다.

"그럼 저의 길은 무엇입니까?"

원효는 대답했다.

"그건 본인이 제일 잘 알고 있습니다. 가슴이 시키는 일이 대자연이 시키는 일이니까요."

원효의 말이 떨어지기 무섭게 요석은 환하게 웃었다. 기다리던 대답이라는 듯 요석의 목소리에는 힘이 실렸다.

"좋습니다. 스님 말씀대로, 대자연이 시키는 대로, 제 마음이 시키는 대로 행하면 되는 거지요? 제가 가장 바라던 말씀입니다. 스님, 남의 눈치 안 보고 살려 합니다. 한 번뿐인 인생이잖습니까?"

잠시 침묵이 흘렀다. 요석은 원효에게 술 한 잔 마시겠다고 호기를 부리며 주모를 불러 가장 좋은 술과 안주를 내오라고 주문했다. 요석이 누구인지 어떤 신분의 사람인지 전혀 모르는 주모는 단지 매상이 오른다는 사실에 기분이 좋아져서 분주히 움직였다.

주막에 앉은 요석과 원효의 시간은 아주 조용히 흘렀다. 몇마디의 말들이나 오갔을까. 두 사람은 분위기가 어색할 때마다 서로의 눈길을 교환했다. 주모가 술과 안주가 차려진 상을 들고 눈치를 보며 다가왔다. 술상을 든 주모가 나타나자 원효는 자리에서 벌떡 일어났다.

"잘 먹고 잘 놀다 갑니다."

원효는 주막을 나서려 했다.

요석은 이런 간절함을 느낀 적이 없었다. 지금 가버리면 다시는 이렇게 면전에서 볼 수 있는 날이 오지 않을 것 같았다. 천년의 세월이라도 붙잡고 싶은 심정인데 지금 가버리다니. 얼마나 벼르고 별러서 이 자리를 마련한 것인가. 얼마나 용기를 내어서 이렇게 가까이 앉았단 말인가.

요석은 큰 소리로 원효를 불러세웠다.

"잠깐 멈추시오."

원효가 그 자리에 멈추어 섰다.

요석은 원효를 향해 자신의 간절함을 꺼내기 시작했다. 누가 듣던지 이 한마디는 반드시 하리라고 다짐했으므로 몸 안의 마지막 기운까지 다 꺼냈다.

"나는 밤에 뜨는 달빛으로 살아가고 당신 원효 스님은 새벽을 알리는 별빛으로 비춰주시구려. 아니 태양이면 더 좋을 것 같습니다. 달과 태양은 스치듯 만나고 함께할 수 없는 운명이지요. 그래도 좋습니다. 스쳐 가도 좋아요. 영원으로 간직하면 될 일입니다."

원효는 요석을 깊은 눈으로 바라보더니 그대로 자리를 떠났다.

혼자 남게 된 요석의 눈에는 눈물이 차올랐다. 그러다 간간이 웃음이 나오기도 했다. 사랑하는 사람을 보내는 심정이야 말할 수 없이 서글프지만, 그래도 가슴에 담아 둔 말은 하고 보냈으니 시원하기까지 했다. 원효를 만나기 전에는 마른 바람으로 가슴이 시들었다. 이제 가까이 얼굴을 대하고 가슴에 있는 말을 전하고 나니, 신선하고 상쾌한 햇살을 머금은 바람이 온몸을 식혀주는 듯했다. 실제로 이마 위로 맑은 바람이 불어왔다. 허나 원효의 차가운 뒷모습은 요석을 한없이 서럽게 했다.

언젠가 우연히 숙명 공주의 이야기를 들었다. 왕후로 살던 숙명 공주는 이화공을 만나 운명적인 사랑에 빠졌고 왕후의 자리를 초개처럼 버렸다. 두 사람이 궁을 떠나 죽을 때까지 함께 했듯이 자신도 그렇게 살고 싶었다. 요석도 자신의 모든 것을 버릴 각오였다. 그러나 시정잡배들에게도 따뜻한 원효의 심장이 자신에게만은 차가운 얼음장 같으니 어떻게 할 수가 없었다. 요석은 입술을 깨물며 터져 나오는 눈물을 참아냈다.

주막집 앞에는 어느새 공덕천녀와 흑암천녀가 서 있었다. 애달픈 눈으로 요석을 바라보던 두 천녀는 원효와 요석의 앞날을 축원했다. 그런데 갑자기 공덕천녀의 온몸이 황금빛으로 감돌았다. 공덕천녀는 요석의 뒤로 다가갔다. 따뜻한 황금빛 광명이 요석의 몸으로 퍼져나갔다.

요석은 짓눌렸던 마음이 환해지는 걸 느꼈다. 정신이 더욱 또렷해지는 느낌이었다. 요석은 결심한 듯 비장한 얼굴로 일어나더니 행복한 미소로 주막 저 너머를 하염없이 바라보았다. 노을이 붉은 그림자로 지고 있었다.

다음 날, 잠에서 깨어난 요석은 오랜만에 정성껏 빗질하고 시녀들이 가져온 옷 중에 가장 아름다운 옷으로 갈아입었다. 비단 같은 머릿결이 허리 아래까지 찰랑이며 흘러내렸다. 어머니 문명 태후를 알현하고 자신의 길을 가려함이었다.

왕후전으로 들어서는 요석의 발걸음은 가벼웠다. 깃털처럼 사뿐하게 왕후의 처소로 들어갔다. 왕후는 아침 문안 인사를 온 요석을 반갑고도 걱정스러운 마음으로 맞이했다. 요석의 얼굴은 파리하고 몸은 여위어 있었다. 그렇지만 오늘은 공주의 얼굴에 생기가 도는 듯 화사했다.

어미의 마음이 된 왕후는 요석에게 타이르듯 말했다.

"어서 오너라. 헌데, 어찌하여 죽도 먹지 못한 사람처럼 얼굴이 그 모양이더냐? 요즘 공주에게 망칙한 소문이 돌고 있는 것을 알고 있느냐? 소문일 뿐이겠지만 그런 허무맹랑한 소문을 낸 것들은 당장에 잡아들여 혼을 내야 할 일이다."

왕후는 근심으로 마을을 졸이며 다시 요석에게 말했다.

"공주로서의 체통과 왕실의 안위를 생각해야 할 것이야. 왕가의 여식과 출가한 스님의 혼사가 말이 된다고 생각하느냐? 안 될 일이다. 절대 있어서는 안 될 일이야. 요석 공주가 스님을 연모한다는 말을 나는 믿지 않는다. 예나 지금이나 왕가에는 늘 괴이한 헛소문들이 있어 왔으니 크게 신경 쓸 일도 아니다."

자신도 모르게 굵은 눈물이 떨어지는 것을 요석은 어찌할 수 없었다. 무엇보다 자신의 진심에 대한 왕후의 반대가 가슴을 도려내듯 아팠다.

"어마마마, 저는 누가 뭐래도 원효 스님을 사모하는 마음이 깊습니다. 제 남은 생을 걸었으며 제 목숨을 걸었습니다. 공주라는 이름이 무슨 의미가 있겠습니까? 요석궁에 갇혀서 평생을 왕실의 인형처럼 산다거나 세도가와 재혼해서 떵떵거리며 산다 한들 그것이 제게 또 무슨 의미가 있겠습니까? 아바마마께 말씀드려 주세요. 제 소원을 들어주시지 않는다면 저는 살아도 산 것이 아닙니다. 이대로 죽은 목숨이 되고 말 것입니다. 숨이 붙어 있다 한들 그것이 살아있는 것이겠습니까?"

요석의 말에 놀란 왕후는 잠시 숨을 삼키고 마음을 진정시켰다. 그리고 사랑하는 딸에게 타이르듯 말했다.

"너는 당나라 얘기도 듣지 못했느냐? 삼장 법사의 수제자인 변기 스님이 공주와 정을 통하다가 발각이 되었다는구나. 그일이 황제에게 알려지자 황제의 분노가 하늘을 찔렀다는데, 결국 변기 스님은 요참으로 허리를 끊어 죽이는 무서운 형벌을 받고 고통스럽게 죽게 되었다. 이런 일이 있었다는데도 그런 소리를 또 하겠느냐? 이 어미의 속이 타들어 가는 것을 누가 알겠누? 처소에 가서 기다리거라."

왕후는 임금도 이 소문을 들었을 것으로 생각했다. 자신의 남편이지만, 기민하고 예민한 임금 김춘추가 가장 사랑했던 사람은 정궁부인이었던 보량 궁주였다. 보량 궁주를 너무나 사랑했던 임금은 보량의 마음이 상할까 해서 자신의 임신을 거들떠보지도 않았다. 왕후는 보량 궁주가 아이를 낳다가 죽자 이제야 겨우 임금의 마음에도 비집고 들어갈 틈이 생겼으리라 생각했다.

그러나 그 이후로도 임금의 마음이 자신을 향한 적은 없었다. 백제와의 전쟁에서 보량 궁주가 남기고 간 딸 고타소마저 잃었을 때 그는 절망으로 무너졌었다. 그토록 사랑했던 여인과 그 여인과의 사랑의 결실마저 세상에서 사라졌다고 느꼈을 때 백제를 멸하리라 더욱 칼을 갈았었다.

세월이 흘러 겨우 냉정함을 되찾은 임금이 아끼던 요석이었다. 총명한 요석이었기에 아끼는 마음이 더 각별했건만, 이런 일로 임금의 심기를 어지럽히면 안 되는 것이었다. 게다가 화가 나면 쉽게 가라앉지 않는 성정인지라 왕후는 급한 마음을 안고 임금을 찾아갔다.

김춘추는 작고 가느다란 눈매에 나이가 들었어도 단단한 체격을 유지하고 있었다. 그의 야망은 착실히 실현되고 있었다. 무엇보다 평생을 꿈꾸던 임금의 자리에 앉지 않았는가. 지금이야 작은 나라 신라의 임금이지만 앞으로 백제와 고구려를 복속시켜 거대 제국을 통치하리라는 야심을 숨기지도 않았다. 그의 굳은 의지가 그의 눈빛을 더욱 날카롭게 했다. 그를 막을 수 있는 사람은 이제 아무도 없었다.

왕후는 천천히 다가와 인사를 올리고 마주 앉았다. 왕후가 먼저 입을 열었다.

"아무래도 요석 공주가 심상치 않습니다."

임금인 김춘추가 말을 받았다.

"원효의 인기도 심상치 않아요. 원효가 전쟁을 반대한다며 백성들을 선동하고 있으니 하루속히 내 사람으로 만들어야 나도 편안할 것이오. 원효를 내 사위로 만든다면 민심은 내 것이 되는 것 아니겠소. 이런 시기야말로 민심을 다독여야 할 때라고 생각하오."

임금의 반응은 왕후가 예상했던 것이 아니었다. 왕후는 지금껏 권력이 얼마나 무서운 것인지를 실감하며 살아왔다. 오빠 김유신은 가야 세력이 잃었던 권력을 회복하고 힘을 되찾게 하려고 김춘추와 한배를 타고 기민하게 움직여왔다. 그녀가 경험한 권력이란 그런 것이었다. 게다가 이제는 그녀의 막내딸 지소 공주가 그녀의 오빠 김유신에게 시집을 가야 할지도 모를 상황이었다.

무거운 침묵을 깨고 왕후가 조심스레 입을 열었다.

"폐하, 어찌 그런 말씀을 하십니까? 요석 공주는 천비랑 장군 같은 진골 출신과 인연을 맺어야 하지 않겠습니까? 천비랑은 오로지 요석 공주만을 바라보고 폐하의 명만 기다리고 있습니다. 천비랑은 신라의 대들보입니다. 누구보다 폐하의 힘이 되어줄 사람입니다."

"아니오. 요석 공주를 원효 스님과 혼인시켜야겠소. 김유신 장군을 지금보다 더 단단하게 내 사람으로 만들기 위해 지소 공주를 시집보내기로 한 것이 아니겠소. 이런 일에 혼사보다 더 좋은 해결책은 없소. 혼인보다 더 좋은 세력 확장은 없을 것이오. 요석 공주에게 혼인을 허락할 거라 말하고 원효의 마음을 사로잡을 방책을 마련하도록 하오."

왕후의 예감이 이번에는 적중했다. 이제는 나이 어린 지소 공주도 권력의 재물이 될 차례였다. 여기서 자기 생각을 더 이야기했다가는 임금의 역정만 살 뿐임을 알고 있는 왕후는 마음이 무거워졌다.

김춘추는 왕후를 보며 차갑게 말했다.

"내가 오십이 넘은 나이로 왕의 자리에 올랐소. 할 일이 너무 많구려. 백제를 정벌하기 위해 내가 못 할 일은 없소이다. 그리 아시고 요석 공주를 잘 지켜보도록 하시오."

김춘추는 누구보다 사람을 엮어내고 사람의 마음을 읽어내는 데 탁월한 능력을 가진 임금이었다. 그가 버티고 기다려온 세월은 그에게 더 큰 야망과 더 큰 분노를 가슴속에 자라게 했으며, 이제 임금의 자리에 오른 이상 머뭇거리고 주저할 이유도 없었다.

대안 스님의 조언

황룡사와 분황사는 엎어지면 코 닿을 거리에 있었다. 하지만 백성들에게 황룡사는 귀족들만이 갈 수 있는 절이었고 자신들에게는 문을 열어주지 않는 너무나 멀리 있는 절이었다. 분황사만이 백성들도 기꺼이 다가가 약사보살님을 뵙고 전쟁으로 다친 몸과 마음의 고통을 치유할 수 있었다. 월성의 동쪽에 위치한 황룡사는 사실상 황궁의 절이었다.

원효는 분황사에서 기거하며 집필을 계속했다. 분황사의 사자상은 마치 집필에 몰두해 있는 원효를 지켜주듯 포효하는 모습으로 굳건히 서 있었다. 바람이 잠시 지나갔다. 원효가 저술하는 동안 황룡사의 아홉 마리 용이 황금빛을 뿜어대며 움직였다. 용들은 분황사를 크게 휘돌더니 이내 원효가 기거하고 집필하는 방을 비추었다.

원효는 오랫동안 쉼 없이 붓끝을 움직이다가 잠시 나와 공양간으로 행했다. 공양간에 들어가면서도 부처님 경전을 외우고 풀이하며 어떻게 하면 중생들에게 쉽게 설할 수 있는지를 고민했다. 원효에게는 오로지 중생을 생각하는 마음뿐이었다. 온몸을 태워서라도 한 사람의 중생을 구할 수만 있다면 무엇을 더

바랄 것인가.

황룡사는 다음 날도 여전히 분주했다. 새로 들어오는 스님에 대한 의견이 분분했는데, 주지스님을 시봉하는 상호 스님이 자신과 상의도 없이 새 스님 들이는 일을 결정한 보인 스님을 큰소리를 버럭 지르며 거세게 나무랐다.

"황룡사는 당나라 유학승이 아니면 안 되는 것을 모르는가? 적어도 스님으로 대우를 받으려면 당나라 유학은 기본이 아닌가. 어찌 우리 황룡사에 당나라 물도 먹지 않은 스님을 들이려고 하는가? 이래서야 내가 자네에게 어찌 소임을 맡기겠는가? 앞으로 이런 일이 다시 생긴다면 가만히 있지 않을 테니, 각오를 단단히 해야 할 것이야."

보인 스님은 느리지만 또렷한 목소리로 조목조목 윗서열로 보이는 상호 스님에게 대꾸했다.

"당나라 가서 무얼 하다 왔는지도 모르고, 또 당나라 유학을 갔다 왔다는 가짜들도 워낙 많습니다. 스님, 확인도 어려운데 당나라 유학이 기준이 되어야 하는지요?"

얼굴이 넓적하고 이마가 좁은 상호 스님은 보인 스님의 말에 핏대를 바짝 세웠다. 답답해서 못 견디겠다는 목소리로 숨소리마저 거칠어졌다.

"황룡사는 임금님께서 행차하시는 절이네. 품위가 있어야지. 당나라도 안 다녀온 스님이 왕족을 어찌 모시겠는가? 아이고, 속 터져!"

나이 어린 법광 스님은 밖에서 사형들의 분부를 기다리다가 달빛을 보며 혼자 나직하게 탄식했다.

"부처님 모시는 일에 유학이 왜 중요한가! 당나라는 우리를 사람 취급 안 하고 늘 공격해왔는데 왜 이리 비굴한가? 주지라는 자는 신분을 속인 가짜 당나라 유학생이 아니던가! 사기꾼이 우리를 이끌고 있으니 앞으로 나는 어떤 길을 가야 하나? 어쩌다가 우리 황룡사가 이리 되었는가!"

지척에 있어도 분황사와 황룡사의 밤은 다르게 흘러갔다. 달이 찼다가 다시 기울어지는 날 문득 대안이 원효를 찾아왔다. 대안은 원효가 스승처럼 모시는 분이었다.

대안은 길거리의 스님이었다. 자신을 누군가 큰스님이라고 부르면 절레절레 고개를 흔들며 사양했다. 늘 크게 웃으며 편안을 물었다. 장터에서도, 길가의 언저리에서도, 만나는 모든 사람에게 큰 소리로 편안하기를 축원했다. 허름한 옷차림은 영락없는 거지꼴이었지만 대안을 만나는 모든 서라벌 사람들은 스님의 법력에 고개를 숙였다.

조용한 분황사에 난데없이 커다란 웃음소리가 들려오더니 편안하기를 축원하는 목소리가 우렁차게 적막을 깨트렸다. 아니나 다를까 목소리 크기로 유명한 대안이었다. 원효는 황급히 방에서 나와 대안을 정성으로 맞이했다.

"방으로 드시지요. 이 시각에 어쩐 일로 오셨습니까?"

"내 노구를 이끌고 자네가 편안한지 점검하러 나왔다네. 하하하.”

원효는 빙긋 웃으며 화답했다.

“대안 스님, 오늘은 제가 대안 스님께 거문고 한 곡을 타드릴까 합니다. 거친 곳, 험한 곳을 마다하지 않으시고 중생이 있는 곳이면 어디든지 찾아다니며 축원을 해주시니 세상이 편한 건 모두 스님 덕분인 듯합니다. 저도 스님께 보답하고자 거문고 한 곡조를 올리는 것이니 부디 편안하시고 강녕하셨으면 합니다.”

원효의 거문고는 바람 소리를 방안으로 들여놓은 듯 청아하고 맑은 울림을 자아냈다. 천상의 노래가 원효의 손끝에서 살아나고 있었다. 대안은 눈으로 소리를 듣고 귀로 원효의 마음을 읽었다.

“원효 스님의 연주는 때로는 바람처럼 때로는 새소리처럼 이 늙은 땡중의 마음을 편안하게 해줍니다. 허허.”

원효를 지그시 바라보던 대안은 연주가 끝나자 무겁게 말을 시작했다.

“요즘 장안이 원효 스님의 이야기로 떠들썩합니다. 한 여인을 살리는 길이 세상을 살리는 길이기도 하지요. 요석 공주가 어제 이 늙은 중을 찾아왔습니다. 원효 스님을 지아비로 인연을 맺겠다고 합니다. 발원이 이루어지지 않으면 목숨을 버리겠다는 겁니다. 생명이 달린 일입니다. 이것 또한 전생의 인연이 이어지는 것이 아니겠습니까? 요석 공주는 연꽃입니다. 권력의 구렁텅이 속에서도 그 더러움에 물들지 않고 피어난 한 송이 연꽃이에요."

원효는 말없이 거문고를 볼 뿐이었다. 대안은 원효의 눈을 깊게 들여다보며 말했다.

"원효 스님은 어찌하실 생각입니까? 왕족으로 인도에서 공부하고 오셔서 수많은 경전을 번역하셨던 구마라집 스님은 어떠하셨습니까? 한 여인의 생명을 살리고자 파계를 하셨습니다. 모두의 존경과 찬사를 받고 오로지 부처님만을 섬겼던 구마라집 스님에게는 손가락질을 받고 모멸을 당할지언정 한 여인을 살리는 일이 너무나 소중했습니다. 그래서 그분은 번뇌가 수행의 도량이라 하신 것이지요. 파계가 오히려 구마라집 스님을 경전 번역에 있어서 최고의 경지에 오르게 한 것이 아니겠습니까? 그렇다면 구마라집 스님을 파계로 몰고 간 이 여인은 관세음보살이 아니었겠습니까?"

원효는 숙연하게 말했다.

"파계고 아니고 하는 걸림은 이미 없습니다. 승복을 입고 안 입고 하는 것은 중요한 문제가 아닙니다. 일심, 곧 하나의 마음을 이야기하는 것은 법을 의심하는 것을 제거하라는 뜻입니다. 어둠 속에 있는 중생은 이것을 알지 못해 자신의 일심을 의심하고 마음의 물결을 일으켜서 헤어나지를 못합니다. 일심은 큰 바다입니다. 동체대비를 일으켜야 하고 의심을 제거해야 큰 마음을 밝힐 수 있을 겁니다. 저는 동체대비의 마음으로 홀연히 더 작아지려 합니다."

대안은 빙그레 미소를 지었다.

"그럼요. 그렇지요. 잘 생각하셨습니다. 요석 공주는 원효 스님에게 관세음보살입니다. 모든 것을 버리게 하고 더 작아지게 하고 또 그 작은 것마저 다 버리게 하는 여인이니 이보다 더 귀한 인연이 어디에 있겠습니까?"

원효는 대안의 큰 마음을 알았다. 대안은 당나라 유학승이 거의 없을 당시 이미 유학을 다녀왔고 명문가 출신이었기에 마음만 먹으면 스님으로서 최고의 자리를 얻을 수도 있었다. 그러나 이를 마다하고 힘들고 궂은 곳만 찾아다니며 고통받는 백성들을 위해 정진하는 보살행을 선택했다. 혜공 스님은 또 어떠한가. 춤과 노래를 부르면서 자신을 낮추고 경직되어 있던 중생들의 마음을 환하게 열어주고 있지 않은가.

원효는 대안에게 나지막하지만 힘 있는 목소리로 말했다.

"스님의 말씀을 잘 알고 있습니다. 마음은 한마음이니 걸림이 없습니다. 오히려 전쟁과 난리 통에 죽어가는 백성들을 위해 다 벗어버릴 수 있는 계기가 될 수도 있습니다. 홀연히 더 작아지고 작아질 뿐입니다. 요석 공주는 제가 작아지고 더욱 작아지는 일을 도울 사람입니다. 중생의 통곡 소리가 하늘과 땅을 가득 채우고 있는데 승복을 입고 무게만 잡고 앉아서 무엇을 할 수 있겠습니까? 승복을 벗겠습니다. 다 버리고 또 버리겠습니다. 소멸해야 살아나고 살아나면 또다시 소멸할 테지요. 저 스스로가 즐겁게 소성 거사로 사는 삶을 선택하겠습니다."

대안은 오늘의 결단이 훗날 원효에게 모욕과 절망으로 닥쳐오리란 것을 알았다. 이 바르고 아름다운 스님이 앞으로 얼마나 험난한 꼴을 당하고 겪을 것인가. 대안의 가슴에 한 줄기 차고 시린 바람이 스쳐 갔다. 그렇지만 대안은 이내 눈을 환하게 다시 뜨고 원효가 가장 낮은 곳에서 중생을 사랑으로 이끌 것임을 확신했다.

"우리에게는 오로지 중생을 위한 길밖에는 다른 길이 없습니다. 소성 거사로 사신다는 결기는 평생을 길거리 땡중으로 살아온 나로서도 머리를 숙이지 않을 수 없는 일입니다. 이제는 원효 스님이 아니라 저잣거리의 소성 거사로 만나겠군요. 하하하."

원효도 같이 웃으며 답했다.

"네, 스님, 오로지 버리고 또 버릴 뿐입니다. 중생의 곁으로 가겠습니다."

대안이 떠난 후 원효는 이 일은 더는 미루어선 안 된다고 생각했다. 우선 알 듯 모를 듯한 노래를 만들어서 서라벌 아이들에게 사람들이 모인 곳이면 어디서든 부르게 시켰다. 요석궁과의 인연은 그렇게 시작되고 있었다.

요석궁에서의 사흘

새소리마저 고요한 요석궁은 나리꽃들이 화사하게 피어났다. 나리는 향기가 좋아 요석이 좋아하는 꽃이었다. 모란과 작약도 서로 어우러지며 아름다웠다. 꽃들마저 없었다면 너무나 적막한 요석궁이었다.

밖에 나갔던 시녀 유미가 혼비백산해서 뛰어 들어왔다.

"공주마마, 공주마마, 급한 일이 있사옵니다. 원효 스님께서 이리로 오고 계시다는 전갈입니다. 월정교를 지나다가 물에 빠지셔서 옷을 말리러 오신다고 합니다. 폐하께서 보낸 사람들이 스님을 모시고 이곳으로 오고 있으니 곧 도착하실 겁니다."

요석은 들뜬 마음을 가라앉히며 부드럽게 말했다.

"알았다. 호들갑 떨지 말고 내가 바느질해 놓은 스님의 옷을 준비하거라. 옷을 지을 때는 이런 날이 있을 줄 모르고 바느질을 했는데, 그날이 바로 오늘이로구나. 요석궁에 들어오시면 옷을 갈아입을 수 있도록 준비해드리고 이곳으로 모시거라. 물에 빠져서 젖은 옷을 입고 있었다면 한기를 느끼실 수도 있으니 따뜻한 차도 준비해 놓고."

잠시 후 원효가 요석궁 안으로 들어왔다. 원효가 들어오자 세상의 모든 것들이 빛을 내기 시작했다. 요석은 원효를 자신의 눈 속에 깊이 각인하고 싶었다. 너무나 기쁜 나머지 얼굴은 붉게 달아올랐고 호흡마저 가빠졌다. 긴장과 설렘으로 원효 말고는 아무것도 보이지 않았다.

요석은 시녀를 시켜 옷을 갈아입을 곳으로 원효를 안내했다. 요석이 혼자서 눈물로 지은 승복은 원효에게 너무나 잘 맞았다. 이윽고 원효는 요석의 처소에서 요석과 단둘이 마주 앉았다. 요석은 원효에게 삼배의 인사를 올렸다. 요석은 당당하지만 간절한 표정으로 원효를 똑바로 바라보았다. 원효 또한 공주의 눈을 응시했다.

요석은 원효에게 답을 들어야 했고 원효의 마음을 알고 싶었다. 이미 요석에게는 원효에 대한 무한한 신뢰와 사랑이 있었지만 원효의 고난이 자신으로 인해 더 커질 것을 염려했다. 요석은 호수같이 잔잔한 목소리로 물었다.

"후회하지 않으시겠습니까? 수모를 견디실 수 있겠습니까?"

요석의 목소리만 들을 뿐 원효는 아무 말도 하지 않았다.

"스님께서는 제게 이미 지아비이자 스승님이고 보살님이십니다."

그제야 원효는 따사로운 미소로 요석을 바라보며 말했다.

"내가 중생 속에서 중생을 모시고자 하는데 공주가 오히려 나를 위해 보시를 하는 것입니다. 인연 따라 만나서 인연 따라 헤어지는 것이니 연연하지 마십시오. 나는 사흘 후에 떠날 것입니다. 떠날 때는 승복을 입지 않을 겁니다. 시자가 마련해온 옷으로 갈아입고 떠날 것이니 그리 아십시오."

요석은 미소를 지었다.

"스님을 모시면서 저도 그 정도 각오는 해야지요. 헤어짐에 연연하지 않겠습니다. 제 마음으로 늘 따르고 모시려 합니다. 홀연히 가십시오."

순정한 결의로 원효와 인연을 맺는 요석의 눈은 아름답게 빛났다. 요석은 말했다.

"스님께서는 어느 사찰에도 머무르지 않고 바람처럼 살고 계십니다. 저도 대자유를 얻고 싶습니다."

원효는 요석의 앞날을 축복하며 말했다.

"그대는 누구보다 강인한 보살이며 그대의 삶은 이미 대자유를 향해 나아가고 있습니다."

원효의 눈에 담긴 따뜻한 마음과 정갈한 기운이 요석에게 전해졌다. 그 순간 요석은 처음 느껴보는 평화와 안심을 얻었다. 난데없이 요동치는 사랑이 아니었다. 사람을 평화롭게 하고 마음의 파도를 가라앉게 하며 맑은 기운이 저절로 샘물처럼 솟아오르게 하는 사랑이었다.

잠시 후 원효의 목소리가 다시 들려왔다.

"진정 사람의 삶이 어떠해야 하는지, 권력과 돈이 얼마나 허망한 것인지 그대만큼 깊이 느끼고 아는 사람은 그리 많지 않습니다. 그대는 거품처럼 사라질 것에 매달리지 않습니다. 대자유를 향해 이미 길을 나섰으니, 나는 그대를 걱정하지 않습니다.”

요석의 마음은 이미 바다와 같이 광대해졌고 은하수처럼 빛나고 있었다. 요석은 담담하게 말했다.

“저는 제 사랑에 당당할 겁니다. 세상에 꺾이지 않고 저의 사랑을 지키겠습니다. 그것이 요석의 길입니다. 저의 사랑은 넓고 넓어서 이제는 만중생을 사랑할 수 있습니다. 스님을 향한 저의 마음은 결코 비좁고 비루한 사랑이 아닙니다. 모든 생명을 향한 무한한 사랑의 출발입니다.”

요석에게서 한겨울 혹한의 추위에도 푸르게 자신을 지켜 내는 소나무 향내가 났다. 요석의 마음은 신라를 넘어 고비사막을 건너 서역까지 다다르고 있었다. 그렇게 대자유를 향한 여정은 원효를 만나면서 시작되었다. 또다시 과부 아닌 과부로 살아야 할 요석이었지만 두려움은 사라졌고 마음은 태양을 삼켰다.

꿈같은 사흘이 바람처럼 지나가고 있었다. 요석은 사흘을 천 년처럼 살고자 했다. 헤어짐을 생각하기보다는 원효와의 순간을 세포 곳곳에 심고 심장 깊숙이 새겨넣었다. 순간이 영원이라 믿었다.

그렇게 사흘은 천 년이 되어 갔다. 앞으로 헤어질 긴 세월에 대한 보상으로 천 년의 만남이 있었기에 억울하지도 슬프지도 않았다. 공주로서 호사스럽게 평생을 사는 것보다 단 하루, 단 사흘의 삶이 더 빛나고 아름다웠으며 찬란했다.

약속한 사흘이 지나자 원효는 허름한 옷을 갈아입고 말없이 요석궁을 떠났다. 떠난다는 이별의 말도 잘 가라는 배웅의 환대도 없었다. 다만 서로의 눈빛을 바라보고 마음 깊이 인사했다.

　원효는 요석과 사흘을 지내면서 요석이 가진 관세음보살의 마음을 느꼈다. 요석은 떠나는 원효를 망부석이 된 듯 한없이 바라보았다. 그렇게 그들의 사흘은 천 년의 세월이 되어 남겨졌다.

3

"원효 스님, 저희는 어디로 가야 합니까? 전쟁터에서 목숨을 잃고 죽은 줄 알았는데, 지금은 죽었는지 죽지 않았는지도 잘 모르겠습니다. 어쩌면 아직 죽지 않고 살아있다는 생각도 듭니다. 그래요. 저는 죽지 않았습니다. 저는 믿을 수가 없습니다. 어찌해야 합니까? 차라리 완전한 소멸이 되면 좋으련만. 스님, 저희는 어찌해야 합니까?"

헐벗은 천민들과 함께

너덜너덜하게 해지고 낡아빠진 옷을 입은 원효가 향한 곳은 천민들이 모여 사는 불지촌이었다. 원효의 발걸음은 가벼웠다. 인생에서 끊임없이 거쳐야 하는 결단이 지금의 원효를 만들었다. 그의 결단은 그를 더욱 가볍고 가난하게 했다. 텅 비어 버릴 만큼의 치열한 가난이 원효의 모습이었다.

원효에게 이곳의 공기는 고향에 온 것처럼 좋았다. 불지촌 입구에 다다르자 원효 앞으로 천민들이 모여들었다. 원효는 모여든 사람들을 향해 큰 소리로 말했다.

"나는 소성이오. 작고 작은 사람이라 소성이라고 합니다. 이제부터 이 소성이는 여기서 여러분과 함께 살 겁니다."

원효의 목소리를 듣고 여기저기서 사람들이 몰려나왔다. 불지촌에서 오래 살아온 털보는 세상을 살다 보니 이런 일도 있다고 놀라워했다. 마을 사람들은 원효가 온 일이 꿈만 같았다. 파계를 했으니 이제 스님은 아니라 하나, 높으신 공주마마의 부마 되시는 분이 자기네들 같은 천것들과 함께 살겠다고 찾아온 건 믿기지 않는 일이었다. 이게 하늘 아래에서 있을 수 있는 일이냐며 눈앞의 원효를 보고 또 보다가 자신의 팔을 꼬집어 보는 이도 있었다. 원효를 보러 나왔던 월성댁은 눈물이 그렁그렁했다. 장터에서 원효의 법문을 들으며 염불도 하고 부처님도 그려 보았었다. 천하게 태어났지만 자신의 입으로 관세음보살님의 명호를 부르니 저절로 마음이 환해지고 신명이 났었다. 그런 원효 스님을 눈앞에서 다시 볼 수 있다니. 어디 그뿐인가. 아예 이 마을에서 같이 살려고 오셨다지 않은가. 눈물 콧물이 절로 나오고 너무 기쁜 나머지 입에서는 탄성이 튀어나왔다. 자식을 다섯이나 낳을 때까지 한 번도 사람 취급을 받아 본 적 없지만, 원효 스님만큼은 사람은 누구나 귀하다고 하셨다. 우리도 남들처럼 귀하다고 하셨다.

여기저기 사람들의 말소리가 들려왔다.

"파계를 했으니 이제 스님도 아니고 우리랑 다를 바가 무엇이 있겠나?"

"스님으로 멋진 절에 사시던지, 임금의 사위가 되셨으니 궁궐에서 사셔야지."

"원효 스님은 우리랑 있는 것이 좋다지 않나!"

"믿기 힘든 일이구면. 눈으로 보고 있어도 믿기 힘든 일이야."

조금 후 웅성거리는 소리가 잦아들더니 어느샌가 대안이 나타나 원효를 반기며 말했다.

"크게 편안하기를, 크게 편안하기를…. 아이고, 드디어 오셨습니다. 소성 거사께서 오셨으니 자네들은 이제 모두 크게 편안하겠네그려. 하하하."

찌들어 살아오고 가난과 죽음에 내몰렸던 작은 마을 불지촌 사람들은 오랜만에 즐겁게 웃었다. 원효가 사람들과 일일이 인사하고 기거할 방을 찾아 둘러보고 나오는데 거지 떼가 몰려왔다. 맨 앞에는 사복이 있었다. 사복이 원효에게 다가가자 거지 떼는 모두 일렬로 줄을 맞추고 머리를 낮추고는 사복의 명령을 기다렸다. 사복은 미소를 지으며 원효의 손을 힘주어 잡았다.

"오랜만이네. 이곳으로 왔다는 소식을 방금 들었네. 자네를 만나러 가던 길이었네."

원효는 되물었다.

"무슨 일이라도 있는가?"

사복이 담담한 어조로 대답했다.

"어머니가 돌아가셨네. 전생에 자네와 나를 위해 경전을 실어나르며 고생이 많았던 암소였잖은가."

원효는 고개를 끄덕이며 말했다.

"자네 집으로 가세. 가서 어머님을 모시겠네. 전생 빚을 갚아야지."

원효와 사복은 정성을 다해 장례를 치렀다. 거지 떼와 불지촌 사람들이 모두 나무아미타불 관세음보살을 염하며 운구행렬을 따라갔다. 소박하게 흰 무명천으로 싸맨 사복의 어머니 시신은 뒷산의 양지바른 곳에 묻기로 했다.

화창한 날이었다. 구름 한 점 없는 날이었고 염불을 할 때는 새들조차도 울지 않으며 고인의 마지막을 정중하게 모셨다.

간혹 어딘가에서 죽음을 애도하는 곡소리가 터지기도 했지만 염불 소리는 산을 오를수록 경건하고 힘차게 울려 퍼졌다.

시신을 매장할 곳에 이르자 운구행렬이 멈췄다. 사복은 원효를 향해 나직이 말했다.

"여보게, 얼마 전까지만 해도 자네는 스님이었잖나. 내 어머니가 편히 가시도록 법문을 해주시게나."

원효는 깊게 숨을 쉬고 말했다.

"태어나지 말지어다. 죽는 것은 괴로움이요. 죽지 말지어다. 다시 태어나는 것은 괴로움이다."

법문을 듣던 사복이 어머니의 시신에서 눈을 떼지 못한 채 말했다.

"자네는 뭐가 그리 복잡하고 말이 많은가? 짧게 해주시게!."

그러자 원효가 다시 말했다.

"사는 것도 죽는 것도 괴로움이다."

원효의 말이 끝나자 사복은 잘했다는 듯 친근하게 씩 웃었다. 그러더니 원효에게 작별 인사를 전했다.

"형제여, 이제 나도 어미와 같이 간다네. 나중에 만나세나."

원효가 뭐라고 대답할 틈도 없이 땅이 갈라졌다. 땅의 갈라진 틈으로 천상의 모습이 보였다. 천상의 모습뿐만 아니라 천상의 소리가 울려왔다. 사복은 어미의 시신을 안고 갈라진 틈으로 들어갔다. 눈부신 빛이 바다를 이루는 천상의 세계였다.

모든 사람이 이 장엄한 광경을 목격했고 모두가 두 사람과 이별했다. 해가 저물 때까지 나무아미타불 관세음보살을 간절하게 염불했다. 염불 소리는 산하를 울리고 땅속을 울렸으며 하늘에까지 닿았다.

의상과 손오공

지엄 스님이 계신 당나라의 지상사는 날이 어두워지고 있었다. 금고아를 머리에 쓴 손오공이 제자들을 데리고 나타났다. 걸음이 빠르고 날렵한 손오공을 제자들이 허둥지둥 따르고 있었다.

"왜 이리 느린 게야? 아이고, 속 터져! 아이고, 울화통이야!"

손오공은 조용히 경내를 걸어가던 의상과 눈이 마주쳤다. 손오공은 잘 만났다는 듯 의기양양한 표정으로 멋지게 폼을 잡고 의상 앞에 멈춰 섰다.

"자네가 신라에서 온 의상이라는 승려인가?"

의상은 놀라서 훤칠하게 생긴 손오공에게 합장했다.

"네, 제가 의상입니다. 그런데 누구십니까? 지금은 문을 닫아 들어올 수 없는 시각인데 어찌 들어오셨습니까?"

손오공은 빙그레 웃으며 답했다.

"나는 손오공이라고 하네. 삼장 법사님을 모시고 있지. 자네가 곧 신라로 돌아갈 것이라고 알고 있는데, 원효 대사께 내 안부를 전해주게나. 원효 대사의 책을 읽고 나도 탄복하여 안부를 전하는 것이네."

의상은 놀라서 다시 합장하고 인사했다.

"손오공 대사님은 강호에 널리 이름이 알려져서 소승도 대사님의 명성을 익히 잘 알고 있습니다. 원효 대사께 손오공 대사님의 말씀을 전해 올리겠습니다."

손오공은 두 손을 비비며 웃으며 말했다.

"그래야지, 하하하."

의상은 손오공을 만난 일이 기쁘기도 하고 이상하기도 해서 조용한 어조로 말했다.

"원효 대사님께는 삼장 법사님의 이론서를 빠짐없이 보내 드리고 있습니다."

손오공은 의상의 어깨를 한 손으로 감싸고 말했다.

"자네는 고구려 승랑 대사를 알고 있는가? 승랑 대사께서는 달마 대사와 함께 이미 대승불교를 이 땅에 굳건히 서게 하셨네. 고구려는 큰스님을 배출한 곳이니 자네도 자긍심을 가지게나. 마찬가지로 원효 대사께서도 큰 깨달음을 얻으신 것으로 알고 있네. 대사의 책이 당나라로 들어와서 서역 비단길로 퍼져 나가고 있네."

의상은 온화한 미소로 답했다.

"저의 사형이신 원효 대사님을 늘 자랑스럽게 생각하고 있습니다."

손오공은 의상의 대답에 만족스러운 듯 말했다.

"이 해동 땅을 벗어난 적이 없는 원효 대사지만 이미 대사의 눈은 당나라를 넘어 저 멀리까지 가고 있네. 내가 몸을 움직여 세상을 보았지만, 원효 대사는 하나의 마음으로 이미 세상을 꿰뚫어 보고 있네. 동쪽 오랑캐라고 비웃으면서도 당나라 승려들은 원효 대사의 글을 자기 글처럼 숨어서 몰래 베끼고 있어. 한심한 일이지."

의상은 손오공의 말에 더욱 고개를 숙였다. 손오공은 할 말을 다 했으니 그만 떠나겠노라면서 손을 내저으며 엉덩이를 흔들었다. 그러다가 쑥스러운 듯 얼굴을 붉혔다.

"전생에 원숭이로 살아서인지 아직도 꼬리를 흔드는 버릇이 있어서…. 하하하. 잘 있게나. 내 말 명심하고!"

손오공은 제자들에게 빨리 따라오라고 재촉을 하며 사라졌다. 지상사의 밤은 더욱 깊어갔다.

의상은 자신의 방에서 집필을 계속하고 있었다. 흐트러짐이 없는 모습으로 앉아 오직 붓놀림에 집중하는 가운데 문 두드리는 소리가 정적을 깨웠다. 월정 스님이었다. 의상이 유학하러 와서 처음 만난 스님이었고 지금까지 어려운 일을 겪을 때면 늘 도와주던 도반이었다. 월정은 단정하게 자리하고 답답한 듯 긴 한숨을 쉬었다.

"의상 스님, 당나라와 신라가 서로 싸우고 있는 중입니다. 아무래도 저는 의상 스님이 걱정입니다. 스승님께서는 의상 스님이 쓰신 글을 모두 가져와 태워버리라 하셨습니다. 스승님의 말씀을 거역하지 못하는 우리의 처지를 이해해 주세요. 우리 당나라 사람들이 속이 좁습니다. 죄송합니다."

의상은 월정의 말에 빙그레 웃고 말했다.

"걱정하지 마십시오. 당나라에서 유학을 마치고 이제 돌아가야 할 시간입니다. 이곳에서 쓴 글이 모조리 태워지는 것도 다 인연이겠지요. 월정 스님께서는 그동안 저로 인해 고초가 많으셨습니다. 소승이 그 고마움을 늘 기억하겠습니다."

의상과 월정은 예견된 이별을 생각하며 서로 깊은 인사를 나누었다. 외지인 당나라에서 그나마 늘 자신을 격려해주고 따뜻하게 살펴준 월정 스님이 성불하기를 염원했다.

다음 날 아침이 되었다. 도량석을 돈 다음 새벽예불을 정성으로 마친 의상이 자신의 처소에 가려고 경내를 지나가던 참이었다. 환한 불꽃이 일렁이는 곳에서 눈길이 멈추었다. 그동안 쓴 글을 다 가져오라 해서 가져다드렸더니, 스승께서 그간 올렸던 글들을 태우고 있는 모양이었다.

활활 타오르는 불꽃 속에서 정성을 다해 썼던 글들이 사라지고 있었다. 스님들 몇몇이 모여서 그 광경을 보고 있었고 의상도 자신의 글이 불꽃 속에서 춤을 추듯 세상에서 사라지는 것을 바라보았다. 의상의 입가에 잔잔한 미소가 떠올랐다. 어찌하겠는가. 이 또한 인연인 것을.

의상은 지상사에서 유학을 마치고 스승인 지엄 스님과 월정 스님 등 여러 동문들과 인사를 마친 후 신라로 가기 위해 길을 나섰다.

뱃길이 있는 바닷가에 다다를 무렵 갑자기 한 여인이 나타났다. 이 여인은 예전에 의상이 당나라에 도착했을 때 신세를 진 불자 집안의 여식이었다. 선묘라는 이 여인은 시녀만을 데리고 바닷바람을 맞으며 기다리고 있었다. 비단으로 감싼 작은 상자를 들고 외롭게 서 있었다.

선묘는 의상을 보자 기쁜 마음을 감추지 못하고 활짝 웃으며 합장을 하고 인사를 올렸다.

"스님, 저 선묘이옵니다. 잠시만 제 말씀을 들어주세요. 저도 스님을 따라가려 합니다. 연모의 마음을 받을 수 없다 하시니 스님을 따르려는 제 길을 막지는 말아주세요."

의상은 선묘의 아름다운 눈을 보며 나직이 말했다.

"제가 가는 길은 무소의 뿔처럼 혼자서 가야 하는 길입니다. 돌아가세요."

선묘의 아름다운 얼굴이 빛을 잃은 사람처럼 창백해졌다. 핏기가 가신 얼굴로 선묘가 말했다.

"스님을 생각하며 10년 세월을 기다렸습니다. 탁발을 나가실 때 잠시라도 뵈려고 늘 스님 곁을 맴돌았습니다. 부모님의 걱정에도 혼인하기를 거부하고 오로지 스님만을 생각하며 살아왔습니다. 스님께 저를 받아달라는 것이 아닙니다. 그림자처럼 옆에서 뵐 수만 있으면 족합니다."

의상은 말이 없었다. 선묘는 소중하게 들고 있던 상자를 내밀었다. 황금빛 보자기로 감싸였으며, 보자기에는 곳곳에 아름다운 모란꽃이 수놓아져 있었다.

"작은 정성으로 지은 법복입니다. 제가 바느질한 법복이라도 받아주십시오."

의상은 선묘의 슬픈 눈을 바라보며 법복을 받아들었다. 햇살을 받은 선묘의 모습은 천상에서 내려온 천녀처럼 곱고 아름다웠다. 이 세상의 아름다움이 아니었다. 맑고 여린 바람이 낳은 연꽃 같은 선묘의 모습은 슬픔으로 더없이 찬란했다. 눈물이 쉴 새 없이 선묘의 뺨을 타고 흘렀다. 의상은 선묘에게 다시 한번 조용히 말했다.

"그만 돌아가세요."

선묘는 의상의 모습을 가슴에 새기려는 듯 시선을 떼지 않고 말했다.

"스님 뜻이 그러시니 어찌 제가 따라갈 수 있겠습니까? 어찌 무심한 그 마음을 서러워하겠습니까? 이제 신라로 돌아가시면 다시는 뵈올 수 없어서 한스러울 뿐입니다. 그 어떤 한이 있어서 저와 같이 사무치겠습니까?"

의상은 선묘를 잠시 바라보고 배를 타기 위해 무거운 발걸음을 옮겼다. 배를 타는 의상을 바라보는 선묘의 눈에는 눈물이 그치지 않았다. 의상은 선묘의 눈물이 그치기를, 선묘가 행복하기를 바라며 배에 올랐다. 뱃전에 서서 한동안 선묘를 바라보다가 뒤돌아섰다.

눈에서 배가 사라진 뒤에도 선묘는 그렇게 서서 바다 위를 한없이 응시했다. 이윽고 기다리고 있던 시녀를 보며 말했다.

"월이야, 너는 집으로 먼저 가 있거라. 나는 따로 갈 곳이 있으니.”

월이는 깜짝 놀라서 물었다.

“정말 저 혼자 집으로 돌아가라는 말씀이세요? 아가씨, 마님께서 요즘 아가씨 걱정이 많습니다. 저만 먼저 가면, 저는 죽습니다. 불호령이 떨어질 거예요. 같이 돌아가세요.”

월이는 혼자는 안 가겠다고 매달렸지만, 선묘는 단호했다. 항상 다정했던 선묘 아가씨가 저리도 먼저 가라고 혼을 내니, 이번에는 월이도 어쩔 수 없었다. 내키지 않는 걸음이어도 먼저 길을 떠나야 했다. 무거운 돌이 누르는 듯 힘든 가슴이었으나 월이는 착하고 여린 선묘 아가씨의 고집을 꺾을 수 없었다.

시녀 월이를 집으로 보낸 선묘는 바다를 끼고 있는 낭떠러지로 천천히 올라갔다. 찬란한 햇살이 선묘의 눈물에 부딪혀 반사되었다. 더없이 화사한 날이었다. 푸른 나무들과 풀잎들의 속삭임은 여전히 다정했고 살아 있는 모든 것들이 찬연했다. 올라가는 길에 피어 있는 이름 없는 작은 꽃들조차도 오늘은 유난히 활기차 보였다. 찬란한 슬픔이란 이런 것인가.

선묘는 바다가 환하게 내려다보이는 낭떠러지에 섰다. 바람이 선묘의 뺨을 스치면서 눈과 코로 훅 파고들었다. 바람이 된 듯 가슴이 시원해졌다. 선묘는 부모님이 계신 집을 향해 절을 올렸다.

“아버님, 어머님, 저를 용서하세요. 이 못난 선묘를 용서하세요.”

선묘는 부모님 생각으로 가슴이 무너져내렸지만 이내 평

정을 찾은 얼굴로 중얼거렸다.

"아버지, 어머니, 불충한 여식을 잊어주세요. 부디 만수무강하소서."

갑자기 바람이 거세게 불기 시작했다. 벼랑 아래 있던 푸른 바다가 더 깊어지는가 싶더니 이내 거친 파도가 사납고 무섭게 으르렁거렸다. 파도 소리가 세차게 선묘의 가슴에 와서 부딪혔다.

선묘는 이 생을 떠나기 전 마지막 인사를 의상에게 건넸다. 선묘의 목소리를 기억하려는 듯 바람이 잠시 고요해졌다.

의상 스님, 저 차가운 바다가 저를 따뜻하게 안아줄까요?

살아서 당신 곁에 있을 수 없다면 이미 저는 죽은 것입니다.

살아서 함께하지 못하는 것이 우리의 운명인가 봅니다.

그러니 죽어서,

이렇게 죽음으로써 다시 태어나 스님 곁에 있겠습니다.

푸른 바다, 푸른 용이 되겠습니다.

해동 땅으로 스님을 따라갈 겁니다.

저의 환생은 당신을 따르는 것입니다.

저의 환생은 당신은 만나는 것입니다.

선묘의 두 뺨에 눈물이 흘렀다. 이윽고 선묘는 꽃잎이 바람에 날리듯 바다로 몸을 던졌다. 희고 아름다운 선묘의 얼굴이 먼저 바닷물 속에 잠겼다. 선묘는 바닷속 깊이 가라앉고 있었다. 그런데 어느 순간 조금의 미동도 없는 선묘의 가냘픈 몸에 푸르스름한 빛이 돌기 시작했다. 그 빛은 점점 더 또렷해져서 청명한 푸른색 빛으로 변하더니 어느새 선묘의 몸을 푸른 용의 몸으로 바꾸어놓았다. 맑고 푸른 바다보다 더 눈부시고 당당한 한 마리 용이 용틀임하며 바다 위로 솟아올랐다. 용은 지나가는 배 한 척을 감싸듯 돌았다.

의상을 태운 배는 파도를 가르며 부지런히 신라를 향해 나아갔다. 첫날은 화창하게 맑았다. 그런데 둘째 날 밤이 되자 어두워진 하늘에서 세찬 폭풍우가 몰아쳤다. 갑작스럽게 휘몰아치는 폭풍우로 인해 배는 산산이 조각날 듯 위태로웠다.

그때 마침 저 멀리 바다 한가운데서 푸른 빛이 떠올랐다. 푸른 빛은 의상을 태운 배를 환하게 비춰주더니 이내 뱃머리부터 배 끝까지의 선체를 요동치지 않도록 감싸 안았다. 앞뒤 좌우 가리지 않고 휘청거리던 배가 산더미 같은 파도에도 꿈쩍하지 않을 만큼 수평을 유지했을 때 비로소 우왕좌왕하던 뱃사람들은 공포에서 벗어났다. 하늘이 다시 열리고 배는 잔잔한 바다 위를 힘차게 나아갔다. 배의 뒷전은 여전히 푸르게 빛나고 있었다.

폭풍우로 난파될 위기에 처했었지만 알 수 없는 푸른 빛의 도움으로 무사히 항해를 마칠 수 있었다고 뱃사람들은 좋아했다. 푸른 용이 나타나 그들의 생명과 배를 구했다는 믿을 수밖에 없는 사실 때문에 그들은 육지에 내리기 전부터 배 안에서 용왕제를 지내고 감사의 기도를 올렸다. 원력이 크고 도력이 높으신 스님을 모시고 온 배라서 하늘과 바다의 보호를 받은 것이라며 기뻐했다.

신라 땅으로 들어가는 초입에는 이미 임금의 명을 받은 대신 둘이 나와 있었다.

"폐하께서 의상 스님을 모셔오라 하셨습니다. 저희는 사흘 전부터 이곳에 머물며 스님께서 오시기를 기다리고 있었습니다."

의상은 차분한 얼굴로 말했다.

"어서 갑시다. 당나라가 우리와 전쟁을 일으키려 합니다. 폐하께 이 일을 속히 말씀드리고 우리도 대비해야 합니다."

조정의 대신과 의상이 준비되어있던 말에 올라탔다. 출발하려던 찰나, 의상은 말고삐를 급하게 잡아당기며 뒤를 돌아보았다. 의상의 눈빛이 푸른빛으로 흐려지며 슬프게 잠겼다.

"선묘낭자. 감사하오. 그리고 미안하오. 부디, 편안하시오."

말에 올라탄 채로 바다를 바라보며 한동안 그렇게 있던 의상이 서라벌 쪽으로 고개를 돌렸다.

"어서 갑시다. 지체할 시간이 없소. 이랴!"

조정 대신들도 의상의 뒤를 따라 말을 달렸다. 말은 점점 더 빠르게 달렸다. 말발굽이 일으킨 흙먼지 때문에 얼마 되지 않아 의상과 일행의 모습은 보이지 않았다.

의상의 머릿속은 원효를 만나야겠다는 생각으로 가득 찼다.

'하루속히 사형을 만나야 한다. 원효 스님을 만나서 당나라에서의 일을 말씀드려야 한다. 원효 사형, 지금 어디쯤 계십니까? 어디든 기다려주십시오. 저 의상이 이제 돌아왔습니다. 바로 찾아뵙도록 하겠습니다.'

의상은 혼잣말로 원효에게 귀국 인사를 했다. 신라로 돌아온 첫날부터 숨 가쁜 하루가 시작되었다.

나당전쟁의 승리

신라는 백제를 패퇴시켰지만 백제는 죽지 않았다. 백제를 부활시키기 위한 전사들이 다시 무기를 들고 신라와 싸웠다. 황산벌 전투에서 있었던 계백 장군의 장렬한 죽음은 그의 죽음으로 끝나지 않았고 죽고 죽이는 원한으로 산하의 곳곳에 서렸다. 백제가 전쟁에서 대패하던 날 백마강은 피로 물들었고 하늘마저 통곡하며 울었다. 누구를 위한 전쟁이던가.

승리를 기뻐하며 사비성으로 향하던 김춘추는 당나라 황제 당태종을 만났던 일을 기억했다. 대군을 이끌고 고구려에 진격했던 당태종은 안시성 싸움에서 크게 지고 한쪽 눈마저 잃은 채 황급히 도망을 치는 치욕을 당했다. 그 이후 김춘추는 당태종을 만났다.

안대로 한쪽 눈을 가린 당태종은 예민한 얼굴로 김춘추를 맞이했다. 고구려에 처참하게 패배하고 다른 방책을 강구하던 참이었다. 신라와 당나라의 동맹은 이렇게 이루어졌다. 당태종은 고구려가 두려웠다. 연개소문이라는 소리만 들어도 겁이 났으며 안시성 싸움에서 도망가던 때를 한시도 잊지 못했다. 거울을 볼 때마다 잃어버린 한쪽 눈이 더 크게 보였다.

당태종의 명을 받고 신라에 들어와서 빈둥거리기만 하던 소정방은 거만하기가 이를 데 없었다. 전쟁에서 승리한 김춘추는 소정방과 함께 높은 자리에 앉아 의자왕이 올려주는 술잔을 받았다. 김춘추는 승전축하연에서 의자왕을 노예처럼 부리며 마음껏 승리를 만끽했다. 김춘추의 아들이자 신라의 태자였던 법민은 의자왕의 태자였던 융에게 침을 뱉었다. 태자 법민은 무릎을 꿇린 자세로 묶여 있는 태자 융을 노려보며 살기등등한 얼굴로 말했다.

"네 애비가 나의 누이 고타소를 죽이고 시신마저 우리에게 돌려주지 않았다. 이제 그 복수를 했으니, 너의 목숨은 내 손에 있구나."

태자 융은 고개를 숙이고 말이 없었다.

당나라는 만이천여 명의 백제인을 포로로 끌고 갔다. 백제의 백성들은 울부짖으며 고향을 떠나야 했다. 한 번도 살던 곳을 벗어난 적 없었던 순박한 그들이 머나먼 당나라로 개처럼 끌려갔다.

전쟁에서 승리했지만 김춘추 자신도 죽음의 길을 떠나야 했다. 이제 모든 것을 내려놓고 죽음의 문을 열고 이승에서의 삶과 이별해야 했다. 마지막 숨이 멎으려 할 때 김춘추는 화랑의 수장인 풍월주였던 때로 돌아가 있었다. 보량 궁주를 만나 뜨겁게 사랑했던 그때였다.

길고 길었던 인생이 찰나로 압축되더니 한순간으로 지나

간 것 같았다. 김춘추는 숨을 무겁게 헐떡이며 차갑게 굳어지는 몸속에서 발버둥 쳤다. 그러나 모든 것을 남겨두고 그 역시 떠나야 했다. 김춘추의 상여가 서라벌의 명당자리로 향했다. 백성들이 나와서 임금의 마지막 길에 절을 올리며 슬프게 울었다.

이후 고구려의 연개소문마저 무너지고 삼국의 패자가 된 신라였지만 당나라의 간섭으로부터 자유로울 수 없었다. 당나라는 고구려, 백제, 신라에 도독을 임명하며 마치 자신들의 영토인 양 행세했다. 고구려와 백제의 반란군들조차도 당나라에 대항해서 신라와 굳건히 연대했다. 이때 처음으로 삼국의 마음이 하나가 되어 당나라와의 일전을 치르게 되었다.

깊은 밤, 평양성에 찬바람이 거세게 몰아치고 있었다. 신라군 진영에는 김유신 대장군과 천비랑 장군 등 여러 장수들이 작전회의를 하고 있었다. 한 장수가 숨 가쁘게 막사 안으로 들어왔다. 회의 중이던 장군과 장수들은 긴장한 눈빛으로 일제히 장수의 얼굴을 주시했다. 김유신 대장군이 기다렸다는 듯 다급하게 물었다.

"원효 대사께 암호를 여쭈었느냐?"

장수는 아직도 숨을 헐떡이며 대답했다.

"네, 대장군. 원효 대사께서는 소정방이 보낸 난새와 송아지 그림은 두 가지가 함께 물러나야 한다는 것을 말한다고 하십니다. 신라군이 퇴각하면 당나라 군사도 속히 퇴각하겠다는 뜻이라 하옵니다."

천비랑이 무거운 입을 열었다.

"소정방이 이제야 우리를 이길 수 없다는 것을 분명히 안 듯하옵니다. 퇴각의 명분이라도 세우려 함입니다."

김유신 대장군이 말을 이었다.

"대사의 말씀대로라면, 우리 신라의 승리다. 우리가 당나라와 맞서 위대한 승리를 한 것이다. 대사께서는 우리의 완전한 승리와 전쟁이 끝났음을 알려주시는 것이다."

천비랑이 목에 힘을 주어 말했다.

"비단 우리 신라만의 승리가 아닙니다. 우리가 통일한 백제와 고구려 백성들도 모두 이번 전쟁을 도왔으니, 진정한 통일이 당나라와의 전쟁을 통해서 이루어진 것입니다. 대장군, 감축드리옵니다."

김유신은 모여 있는 장수에게 단호하고 힘찬 어조로 선포했다.

"원효 대사의 말씀대로 이행하리라. 속히 결행하도록 하라!"

여러 장수는 모두 원효 대사를 마음에 새기며 일체가 된 마음으로 우렁차게 말했다.

"네, 대장군. 명 받들겠습니다."

김유신 대장군은 천비랑을 대동하고 서라벌로 돌아오고 있었다. 서라벌로 들어오는 길목에서부터 승전의 기쁨을 함께 나누려는 백성들이 웃고 떠들며 발 디딜 틈 없이 줄을 이었다.

문무왕은 왕후와 함께 왕궁에서 김유신 대장군 부부를 맞이했고, 요석도 불러서 왕족끼리의 축하연을 베풀었다.

무열왕 김춘추의 태자 법민이 대를 이어 보위에 올랐는데, 그가 바로 신라의 제30대 왕인 문무왕이었다. 김유신 대장군이 먼저 들어오고 뒤이어 지소 부인이 들어왔다. 문무왕은 김유신 대장군을 맞이하면서 기쁨을 감추지 못했다.

"김유신 대장군, 고생 많으셨습니다. 대장군께서 안 계셨더라면 이런 대업을 성취하기 어려웠을 겁니다. 참으로 험난한 세월을 굳게 이겨내시고 신라의 승리를 이끌어 내셨습니다. 참으로 든든합니다. 오늘처럼 기쁜 날이 어찌 다시 있을 수 있겠습니까!"

김유신은 젊고 패기가 넘치는 문무왕을 향해 허리를 굽히고 말했다.

"황공하옵니다. 폐하의 공덕으로 이룬 승리입니다."

김유신의 말이 떨어지자마자 내관이 요석이 왔음을 아뢰었다. 그 사이 더욱 기품 있는 모습으로 성숙해진 요석의 목에는 염주가 걸려 있었다. 그녀는 오빠 문무왕에게 먼저 인사를 하더니 바로 김유신 대장군에게도 목례를 건넸다.

요석이 바람처럼 맑은 목소리로 말했다.

"폐하, 감축드리옵니다. 이제 폐하의 위업은 반석 위에 올랐습니다. 김유신 대장군께서도 참으로 고생이 많으셨습니다. 폐하를 도와 큰일을 해내셨습니다."

김유신은 호기롭게 웃으며 요석의 칭찬에 답했다.

"원효 대사와 제가 손을 잡으니 당나라도 힘을 쓰지 못합니다. 하하하."

지소 부인은 요석의 안색을 잠시 살펴보고 말했다.

"언니께서는 왜 이리 수척해지셨나요? 원효 대사께서는 눈길 한번 안 주시는데 무엇 하러 고생스럽게 그리 사시는지 저로서는 답답할 따름입니다. 언니는 머리만 안 깎았을 뿐이지 이제 스님이 다 되신 것 같습니다."

요석은 동생인 지소를 보며 미소를 지었다.

"개의치 마셔요, 지소 부인. 저는 행복하답니다."

사실 마음에 상처라도 입을까 입을 굳게 다물고는 있었지만 문무왕도 요석이 너무 가여웠다. 원효 대사가 있다는 소문만 들려도 먼발치에서 얼굴이라도 보려고 근처를 배회한다는 것을 잘 알고 있었다. 원효 대사가 있는 곳이라면 만날 수 없더라도 늘 한결같은 마음으로 그곳을 향해 아침마다 삼배를 올리며 사는 동생 요석이 문무왕에게는 건드릴 수 없이 아픈 손가락이었다.

무르익은 분위기를 깨지 않으려는 듯 문무왕이 요석에게 넌지시 말했다.

"원효 대사에게 연연하지 말고 새로이 남편을 두는 것은 어떠하냐? 천비랑 장군은 아직도 혼인을 하지 않고 저리 혼자 지내고 있구나. 오로지 요석 너만을 생각하는 천비랑의 마음은 이제 모르는 이가 없을 정도다. 선덕 여왕께서도 세 명의 남편이 있었고 후궁들도 있지 않았는가! 공주는 남편 셋을 둘 수 있다.

이 또한 공주의 권한이니 요석도 남편을 더 두는 것이 마땅하다고 생각하는데….”

요석은 오빠인 문무왕의 마음을 헤아리고 있기에 나지막이 미소를 지으며 말했다.

“폐하, 저에게는 원효 대사님 말고는 다른 사람이 있을 수 없습니다.”

“내 참, 너의 고집도 참 어런한 게로구나.”

“폐하, 그 이야기는 그만하시지요. 그보다 더 중한 일이 있습니다. 전쟁으로 너무 많은 사람들이 목숨을 잃었습니다. 백제와 고구려 유민들은 자신들의 나라를 세우려 한다고 들었습니다. 누구를 위한 전쟁이었습니까? 피가 피를 부르고, 원한이 원한을 낳고 있습니다. 폐하와 승하하신 아바마마의 욕심으로 너무 많은 사람들이 죽었습니다. 진정 자애로운 폐하시라면 더는 전쟁터로 백성들을 내몰아서는 아니 될 것이라 생각됩니다.”

순간 문무왕은 격노했다.

“이렇게 좋은 날 찬물을 끼얹는구나. 듣기 싫으니 요석궁으로 돌아가거라.”

요석은 자리에서 조용히 일어났다. 인사를 올리고 돌아서 나오는 요석의 얼굴은 한 점 동요도 없었다. 평온한 얼굴로 돌아서서 임금의 처소를 나오자 천비랑이 밖에 서 있었다.

천비랑은 요석이 나오는 모습 하나하나를 놓치지 않겠다는 듯 뚫어져라 바라보고 있었다. 나이가 들면서 천비랑은 무인다운 기개가 넘쳤다. 두 사람은 짧은 인사를 나누었다. 얼마 만

의 만남인가. 얼마나 기다렸던 순간인가. 그러나 천비랑의 마음
이 다시 서글퍼지기 시작했다. 사라지는 요석을 바라보며 자신
과 요석의 운명을 예감했던 것이다.

　내가 당신을 사랑하니 어찌하겠습니까.
　당신이 내가 아니라 하니 어찌하겠습니까.
　바람이 흩어지듯 내 마음도 흩어지면 좋으련만,
　내 마음은 점점 더 돌처럼 굳어지니 어찌하겠습니까.
　그것이 나의 길이니 어찌하겠습니까.

죽은 자를 진혼하다

피비린내 나는 전쟁에서 이기고 진 것은 권력이었지, 백성이 아니었다. 신라의 백성도, 백제의 백성도, 고구려의 백성도 전쟁으로 무참히 죽어야 했다.

어느덧 원효는 강가에 서 있었다. 전쟁으로 죽어간 원혼들의 얼굴을 바라보듯 원효의 안광이 빛을 발했다. 칼끝에 스러지는 죽음들, 여기저기 쌓이는 시체들, 절규하는 사람들, 죽은 시신이라도 찾으려는 어미와 죽은 아비의 시체를 부둥켜안은 아이들 그리고 핏물이 흐르는 강. 남편의 시신을 찾아 수레에 싣고 돌아가는 아낙의 등에는 젖먹이가 울고 있었다. 그야말로 이곳은 생지옥이었다.

통곡의 강이 흐르고 있었다. 바람 소리마저 고요한 깊은 밤의 강가에는 전쟁에서 죽은 영혼들이 걸어 다니고 있었다. 원효대사의 구슬픈 시다림이 시작되었다. 시다림은 장례에서 행하는 의식으로 죽은 사람에게 설법을 해주는 것을 말한다. 원효는 시다림을 해주기 위해 이 강가에서 원혼들이 나타나기를 기다리고 있었다. 원효가 죽은 자들을 향해 말했다.

"전쟁에서 죽은 한을 풀고 가게나. 그대들의 한이 너무 커서 내가 배웅하러 왔다네."

죽은 병사의 영혼이 원효에게 말을 걸었다.

"원효 스님, 저희는 어디로 가야 합니까? 전쟁터에서 목숨을 잃고 죽은 줄 알았는데, 지금은 죽었는지 죽지 않았는지도 잘 모르겠습니다. 어쩌면 아직 죽지 않고 살아있다는 생각도 듭니다. 그래요. 저는 죽지 않았습니다. 저는 믿을 수가 없습니다. 어찌해야 합니까? 차라리 완전한 소멸이 되면 좋으련만. 스님, 저희는 어찌해야 합니까?"

원효는 자애롭게 말했다.

"살아있을 때는 살아있음을 전부라고 느끼고, 죽어서도 살아있다고 느끼는 그 모든 것이 사실은 거짓이라네."

그러자 병사의 얼굴에서 눈물이 떨어졌다. 눈물방울이 속절없이 허공 속으로 흩어졌다.

"이보게, 더 이상 아파하지 말게나."

낡고 해진 옷을 입고 다리를 절룩거리며 걸어오던 또 다른 망자가 원효를 보며 말했다.

"버러지처럼 태어나서 버러지로 살다가 버러지로 죽다 보니, 사람 목숨이 개나 돼지보다도 못하다고 생각했습니다."

고개를 숙이고 서럽게 울먹이던 망자가 원효를 바라보며 다시 애절하게 말했다.

"스님께서는 버러지보다 못한 저희의 영혼을 위로해주러 오신 거지요? 살아서는 평생 사람대접 한 번 못 받다가 죽어서나마 스님의 위로를 받습니다. 감사합니다, 스님. 너무 감사합니다요."

원효는 말없이 미소를 지으며 망자의 손을 잡았다. 죽은 사람의 손은 온기도 느낌도 없었다. 원효는 망자의 가슴에 한동안 손을 올려놓고 가만히 관세음보살을 염했다. 아프고 멍든 가슴이었다. 원효는 망자의 피맺힌 한이 조금이라도 치유가 되어 저세상으로 가기를 바랐다.

'관세음보살, 관세음보살, 관세음보살.'

얼마나 지났을까. 망자의 얼굴에 조금씩 미소가 번지기 시작했다. 그리고 그는 조용히 떠났다.

이번엔 젊은 아낙이 통곡을 하며 다가왔다. 원귀였다. 원효는 핏발이 서린 원귀의 눈을 통해서 그녀에게 얼마나 애절한 사연이 있었는지를 알 수 있었다.

"저는 갈 수가 없습니다. 이리 죽을 수는 없어요. 자식을 두고 갈 수는 없습니다. 차라리 구천을 떠도는 원귀로 살더라도 이곳에 남고 싶습니다. 전쟁통에 남편도 죽었는데 저라도 어린 제 아들을 지켜야 하지 않겠습니까? 차라리 구천을 맴도는 귀신이 되게 해주십시오."

원귀가 되어가고 있는 아낙은 원효를 만나자 핏빛이던 얼굴이 차츰 바뀌고 있었다. 하지만 눈에 맺힌 핏발과 독기는 가시지 않았다. 사무친 원한과 전쟁고아로 살아가야 할 아들이 아낙의 눈에 담겨 있었다.

원효는 아낙의 손을 잡아주며 말했다.

"이승에서 당신의 삶은 보살이었습니다. 어렵고 힘든 이웃들을 늘 따뜻한 미소로 만났고 가난한 살림이었지만 쪼개고 나누어 다른 사람들을 보살폈습니다. 그러니 구천을 헤매시면 안되지요. 아무 걱정 마세요. 아들에게도 큰 축복이 있을 겁니다. 관세음보살님이 잘 키워주실 겁니다. 관세음보살님께 맡기고 걱정하지 마십시오. 걱정하지 마시고 홀가분하게 가십시오."

죽은 아낙의 눈에 핏빛이 가시고 맺힌 원한이 풀어지고 있었다. 원래 가진 순박하고 따뜻한 보살의 마음으로 돌아가고 있었다.

"그 말씀을 정녕 믿어도 되겠습니까, 스님?"

원효는 말없이 미소를 지으며 고개를 끄덕였다. 죽은 아낙은 하염없이 울었다. 안도의 눈물이었고 모든 것을 버리고 홀연히 떠나가는 사람의 마지막 눈물이었다.

"서라벌 장터에서도 우리 천한 것들을 위해 기도해주신 우리 원효 스님만 믿고 아무 걱정 없이 가겠습니다. 홀가분하게 가겠습니다."

원효는 아낙의 눈물을 닦아주었다. 아낙은 미소를 지으며 원효에게 합장하며 저만치 물러났다. 그때 화랑 보겸과 미담의 영혼이 원효를 향해 걸어오고 있었다.

"화랑으로 살다가 전쟁으로 죽었습니다. 저는 너무 젊습니다. 스님은 뭐든 할 수 있는 도인이라 들었습니다. 부디 저의 생명을 조금만, 조금만 더 연장시켜 주십시오."

땅바닥에 엎드려 원효에게 두 손 모아 빌면서 생명을 연장해 달라는 보겸의 말에 원효는 그를 일으켜 세웠다. 보겸은 원효에게 두 손을 모으며 말했다.

"이대로 갈 수는 없습니다. 신라가 전쟁에서 이기도록 제 모든 것을 바쳤습니다. 억울합니다. 너무 억울해서 갈 수가 없습니다."

보겸은 통곡했다. 젊고 아름다웠던 화랑 보겸. 그 빛나는 젊음은 사라졌다. 땅과 물, 바람과 불의 기운이 빠져나간 그의 얼굴은 살갗이 깊이 패이고 온 피부가 뼈에 들러붙어 흉측했다. 원효는 보겸을 안쓰럽게 바라보며 말했다.

"화랑 보겸은 나를 보아라."

"……."

"우리는 불생불멸이니 지금의 인연을 이어 다시 만날 것이다. 그러니 너무 아파하지 말거라."

"억울합니다. 스님, 너무 억울합니다."

"젊은 날에 떠나는 것을 한으로 여기지 말고, 전쟁터에서 죽은 것을 원한으로 이어가지 말고, 다 버리고 새로운 생명을 이어가거라."

흐느끼던 보겸이 고개를 들었다. 얼굴에 살이 차오르고 어두운 기운이 가시고 있었다. 보겸은 눈물을 멈추었다. 그리고 고개를 끄덕이며 원효에게 말했다. 쇠북종처럼 단단한 목소리였다.

"저를 고통스럽게 했던 모든 원한을 끊고 자유롭게 가겠습니다. 스님, 다시 뵈올 날을 기다리겠습니다."

옆에 있던 화랑 미담은 소리 없이 눈물 흘리며 원효를 향해 합장하며 고마워했다.

"저희를 위해 명복을 빌어주시고 극락왕생하라 기도해주시니 참으로 이 은혜를 갚을 길이 없습니다. 전쟁터에서 죽은 영혼들은 한이 맺혀 떠돌고 있습니다. 우리의 죽음을 알아주고 이리 배웅해주셔서 고맙습니다."

말을 마친 미담은 마음속 한이 풀리는 듯 소리 내어 울었다. 산천이 미담의 눈물에 같이 울었고, 미담의 통곡에 같이 아파했다.

두 화랑이 떠나가고 선아라는 처녀 귀신이 다가왔다.

"스님 저는요. 절망으로 태어나 원망하며 살다가 원한으로 생을 마쳤습니다. 제 인생이 그러합니다요. 그것이 너무 서럽습니다요. 제 몸을 보십시오. 아직 살아 있지 않습니까?"

죽은 선아는 자신의 몸을 만졌다. 그러니 자신의 몸을 만지려던 손은 자꾸만 허공을 허우적거릴 뿐이었다. 그러다가 믿을 수 없다는 듯 고개를 세차게 가로저으며 발버둥을 쳤다.

"죽은 것이 아니지 않습니까? 왜 저 사람들은 저더러 죽었다고 하나요. 미친 것들 아닙니까? 전 정말 죽기 싫습니다. 살려주세요, 스님. 살려주세요."

원효는 선아의 손을 꼭 잡아주었다. 잡히지 않던 허공의 몸짓이 원효의 손에 이끌려 다시 만져졌다.

"모든 생명은 축복으로 잉태되고 희망으로 태어난다네. 그대의 생도 축복 속에 있었고, 그대는 그동안 슬픔 속에서도 절망 속에서도 봄날의 들꽃처럼 살지 않았나. 마지막 죽는 순간의 원망을 거두어야 저 배 위에 오를 수 있으니, 나에게 그 원망을 모두 주고 떠나시게. 그대가 봄날 설레는 마음으로 금오산을 오를 때, 그 마음을 소중한 씨앗으로 지니고 있게나."

선아는 원효를 간절한 눈빛으로 쳐다보며 말했다.

"정말 제 원망을 스님께 모두 드리고, 다 버리고 가도 되는 것이지요?"

원효는 끄덕이며 미소를 지었다.

"그러시게. 내게 다 주고 가시게."

선아는 원효의 기도로 다시 맑아지는 자신을 느꼈다. 허공 속에서 원한으로 맴돌던 자신이 아니라 금오산을 오르던 봄날의 선아로 다시 돌아갔다.

"봄날의 선아로 돌아가려고요. 금오산에 올라갔던 선아의 마음을 되찾았어요."

모든 망자가 원효의 시다림을 들으며 배에 오르기 시작했다. 커다란 황금빛 배는 황금빛 돛으로 환하게 빛났고 황금향이 가득했다. 죽은 망자들이 황금빛 배에 오르자 갑자기 그들의 모습이 바뀌기 시작했다. 어둡고 남루하며 핏자국이 깊이 눌어 있던 죽은 사람들의 옷이 어느새 찬연히 빛나는 고운 흰빛의 아름다운 옷으로 바뀌었다.

저마다 놀라고 환희로운 마음으로 황금빛 배에서 원효를 향해 손을 흔들며 이별했다. 때로 눈물을 흘리는 망자들이 있었지만 그들의 눈물도 이제는 환희의 눈물이었다. 원효는 떠나가는 배에 오른 죽은 자들을 향해 축원했다.

　그대들 주검들이여.
　이리 떠나는 것을 슬퍼하지 마시오.
　찬란하게 떠나시구려.
　죽어서 사십구 일 동안은 이승에서보다 더 영민하게 깨어 있으니,
　지금 이 순간 깨어나 다음 생을 준비하시게.
　영원히 살지 못하지만 결단코 죽음도 없는 것이니.

　배는 이윽고 환한 빛으로 햇살을 받으며 바다로 나아갔다. 망자들은 환희로운 얼굴로 하늘을 쳐다보았다. 빛들이 하늘에서 넘실거리며 허공을 열어가고 있었다. 원효는 축원을 마치고 미소를 지었다.
　"아! 생은 이리 저물고 저리 떠나가지만, 떠나가는 그대들은 아름답소이다."
　어찌 된 일인지 갑자기 나타난 관복을 입은 고관대작들이 고래고래 소리를 지르며 뒤따라오고 있었다. 모두 이승을 떠도는 영혼들이었다. 상대등이었다는 죽은 자는 배를 멈추라고 소리질렀다. 호령 소리가 목구멍으로 기어들어 가듯 작아지다가, 원효를 보더니 다시 고함을 질러댔다. 오만하고 노기가 등등한 모습이었다.
　"배를 멈추어라. 나도 그 배에 타야 하니 기다리라 해라. 내

126

가 그 배에 타야 하느니라."

원효가 웃으며 말했다.

"그대는 저 배를 탈 수 없소. 이곳에서 기다리면 다른 배가 올 것입니다."

상대등은 말했다.

"아니, 이런 요사스러운 중놈을 봤나! 내가 상대등이다. 내가 이 나라의 상대등이야."

원효가 아무런 대꾸를 하지 않자 상대등은 더 크게 고함을 지르며 말했다.

"대등 중 최고의 자리에 있는 나를 몰라보겠느냐? 위아래도 없는 네놈을 내 가만두지 않을 테다."

원효는 허탈하게 말했다.

"그대는 전쟁으로 탐욕으로 사람들을 괴롭혔으니, 그대의 길이 따로 있구려."

냉정하게 돌아서는 원효를 가로막고 상대등은 무릎을 꿇은 채 손이 발이 되도록 빌고 또 빌며 말했다.

"나를 좀 살려주시오. 잘못했소이다. 내가 극락정토에 갈 수 있도록 힘 좀 써주시오. 스님께서는 능히 그런 힘이 있는 분이잖소."

원효는 안타까웠다. 무지한 중생이 애달팠다.

"그대가 조금씩 육신의 옷을 벗기 시작했을 때, 그때 눈치를 채고 죽음을 준비했어야 했소. 이미 그대에게 죽음의 징조를 여러 번 알려주어 죽기 전에라도 참회할 기회를 주었는데, 욕심이 눈을 가려 아무것도 보지 못한 것이오. 잘 먹고 남의 것을 마음껏 빼앗고 권력 놀음에 죽는 줄도 모르고 죽는 순간까지 탐욕으로 살았으니, 이 어찌 불쌍한 중생이 아니겠는가. 지금이라도 참회하고 깊이 반성하길 바라오."

상대등은 다리에 힘이 풀려 털썩 주저앉았다. 잠시 정신을 차린 듯 고개를 가로젓더니 흐느끼기 시작했다.

"영원히 살 줄 알았습니다. 이렇게 죽을 줄은 꿈에도 몰랐어요. 다른 사람들은 모두 죽더라도 나에게까지 죽음이 올 줄은 정말 몰랐습니다."

원효는 손에 든 염주를 상대등에게 주며 말했다.

"꿈속에서 꿈을 꾸다가 진짜 세상으로 가는 것인데, 아직도 가짜와 진짜를 구별하지 못하고 꿈속에서 헤매다니. 꿈속의 욕심으로 자신을 헤치며 살아온 불쌍한 중생이구나."

원효의 말이 떨어지자마자 그들 앞에 검은 옷을 입은 저승사자가 나타났다. 허리춤에 큰 칼을 차고 칠흑 같은 머리에 검은 머리띠를 두른 저승사자는 얼음 서린 냉엄한 표정이었다. 저승사자의 번득이는 눈은 모든 것을 단칼에 베어 버릴 듯 준엄했다. 그러한 저승사자지만 원효를 보더니 공손하게 예를 갖추었다. 그러고는 상대등을 데리고 어디론가 사라졌다. 보이는 것은 적막뿐이었다.

4

아들 설총은 늘 아버지를 만나고 있었다. 아침저녁으로
대자연을 흔들어 깨우는 타종 소리가 산 전체에 울려 퍼
졌다. 종소리, 염불 소리, 새소리, 바람 소리…, 그 모든 것
이 아버지였다.

황룡사의 권승들

황룡사는 오늘도 분주했다. 백고좌법회가 다가오고 있었다. 백고좌법회에는 고승대덕 백 명이 참여해 임금에게 경을 설하는 자리인 만큼 불경에 있어서 최고의 위치에 오른 스님만이 참석할 수 있었다. 백고좌법회를 성공적으로 치르기 위한 논의가 황룡사 주지 처소에서 진행되고 있었다.

승려 주광은 뭔가 황당한 일이 있다는 듯이 자신이 먼저 주지스님께 드릴 말씀이 있다고 했다.

"주지스님, 곧 백고좌법회가 있는데 원효라는 미친 중이 추천을 받아 올라왔습니다. 이 일을 어찌 처리해야 할는지요? 원효는 지금 사방을 떠돌며 백성들을 현혹하고 있다 하옵니다."

주광은 자주 헛기침을 하고 때로는 말을 더듬으며 다급히 말했다. 옆에서 듣던 승려 보철이 자신이 이 일을 잘 알고 있다며 말을 이었다.

"원효를 어찌 승려라 하겠습니까? 황룡사 안으로 미친놈의 발을 들여서는 절대로 아니 되는 줄 압니다. 게다가 파계를 한 자가 아닙니까? 이런 자를 어찌 승가의 일원이라 하겠습니까? 파계를 한 자가 승려 행세를 한다면 이는 눈 뜨고 보아선 안 될 일입니다."

다른 승려가 동조하며 말했다.

"더구나 그 자는 우리 승가를 욕되게 하고 있습니다. 저잣 거리에서 춤추고 노래하고 술 먹는 것도 계율을 어기는 짓인데 요석궁에 들어가 파계까지 했으니 내쳐야 합니다. 절 안에는 한 발짝도 들여놓을 수 없게 해야지요."

그러자 승려 보철이 다시 합세했다.

"이제는 이름도 소성이라 하지 않습니까? 승복도 벗은 자 입니다. 우리 주지스님께서는 진골 출신이시고 당나라 유학까 지 다녀오셨기에 왕실의 힘이 우리 황룡사에 있습니다. 육두품 에다 파계까지 한 원효가 백고좌법회에 참여한다는 것은 있을 수도 없는 일입니다."

주지는 좌중을 바라보고 웃으며 말했다.

"아무리 원효를 추천하는 사람들이 많다고 하나 우리 승가 에서는 있을 수 없는 일이니 내가 알아서 처리하겠소."

밖에서 승려 보정의 목소리가 들렸다.

"주지스님, 저 보정입니다. 잠시 들어가도 되겠습니까?"

승려 보정은 흡사 화랑의 모습을 연상시키는 패기 넘치고 당당한 모습으로 회의 자리에 들어왔다. 주지에게 예를 갖추고 인사를 올린 보정이 단정히 자리했다.

"제가 감히 이 자리에 와서 주지스님 뵙기를 청하는 것은 우리 대중스님들의 뜻을 누군가는 말씀 올려야 해서입니다."

보정은 거침없이 말을 이어갔다. 새 스님이었지만 눈빛에 어린 결기와 단호함은 모두들 긴장한 채 보정의 얼굴을 주시하게 했다.

"원효 대사께서 백 명의 고귀한 스님 중 한 분으로 추천이 되었다고 들었습니다. 우리 황룡사 스님 대부분은 원효 대사님을 깊이 존경하고 있습니다. 부디 원효 대사와 같은 대도인께서 우리를 이끌어주실 수 있도록 백고좌법회에 참석하는 일을 막지 말아 주십시오."

주지는 노기로 얼굴이 붉게 달아올랐다. 주먹을 쥔 손이 떨리고 있었다. 주지의 분노는 큰 것이었다. 주지는 호통을 치며 노한 기색을 감추지 않고 말했다.

"내가 그리 보정 자네를 아껴왔거늘, 그런 황당한 주장이나 하려고 이리 중요한 회의에 들어왔단 말인가? 참으로 어리석고 무례한 일이 아닌가? 자네 같은 고귀한 집안의 자제가, 당나라 유학까지 다녀온 자네가 어찌 그리 말도 안 되는 헛소리를 하는 것인가? 불가하네. 썩 물러가게!"

보정은 얼굴색 하나 변하지 않고 더욱 굳건한 모습으로 거침없이 말했다.

"앞으로도 계속 백고좌법회는 열릴 것입니다. 원효 대사의 참뜻을 그 누구도 막을 수는 없습니다. 모든 신라 백성들이 원효 대사를 의지하고 부처님처럼 모시고 있으니 우리 황룡사도 이를 알아야 할 것입니다."

주지는 주먹으로 탁자를 치며 벼락같이 화를 냈다.

"어찌 그리 말이 많은가! 물러가게. 자네가 집안의 뒷배를 안고 내게 이리 대드는 것인가? 허허!"

보정의 주먹 쥔 손이 가늘게 떨렸지만, 두 눈에 서린 형형한 빛은 더욱 또렷해졌다. 처음으로 자신이 해야 할 일을 했다는 자부심마저 들었다. 오늘의 용기로 비굴함을 벗을 수 있었다. 앞으로 문중에서 어떤 치욕을 당하더라도 원효 대사께서 받은 모욕에 비한다면 아무것도 아니라고 생각했다. 용기 있는 사람이 그렇듯 보정은 앞으로 자신에게 닥칠 어려움이 조금도 두렵지 않았다. 타고난 용맹함과 정의로운 심성은 출가 후 자비의 마음이 더해져 더욱 강한 내면의 힘을 발휘하고 있었다. 보정의 발걸음은 가벼웠다.

화창하던 날이 점점 흐려지고 있었다. 비라도 내릴 듯 검은 구름이 하늘 위에 덩그러니 걸렸다. 여전히 황룡사 안은 바쁘게 움직이고 있었다. 갑자기 황룡사 안에 숨어 있던 어린아이가 경내로 튀어나왔다. 이를 보고 당황한 스님들이 아이를 잡으려는 순간 주지가 지나가고 있었다.

작은 여자아이는 나이가 열두세 살쯤 되어 보였다. 머리는 마구 헝클어져 있었고 옷은 찢어지고 맨발로 절룩거리며 걸었다. 너무나 마르고 피골이 상접해서인지 큰 눈은 퀭하게 더 커져 보였다. 순식간에 주지에게 달려들더니 주지의 소맷자락을 온 힘을 다해 잡고 놓지 않았다. 그러고는 알아듣지 못할 괴성으로 울부짖었다.

"스님! 제 어머니를 살려주세요. 전쟁 중에 모두 죽었어요.

아버지와 오빠도 죽고 겨우 어머니와 단둘이 살고 있는데 어머니가 죽어가고 있어요. 제발, 제발 우리 어머니 좀 살려주세요.”

다른 스님들이 황급히 아이를 떼어 놓으려 했지만 아이는 잡은 손을 놓지 않았다. 그것이 실오라기 같은 마지막 희망이라 여긴 탓이었다. 어미를 살릴 수 있는 최후의 방법은 자비를 베풀만한 스님께 매달리는 것이었고, 그중 가장 힘 있어 보이고 화려한 옷을 입은 스님을 선택했던 것이다.

당황한 스님들은 아이를 잡아끌며 말했다.

“이 자리가 어떤 자리라고, 감히 주지스님께 이런 난동을 부리는 게냐? 죽은 사람이 한 둘이더냐? 고아가 너 하나더냐? 사방에 고아들이다. 못된 것!”

주지는 절규하며 끌려가는 아이를 바라보더니 방금까지 아이가 잡고 매달렸던 옷을 불쾌한 듯 털어냈다.

“비렁뱅이 아이가 아니더냐? 장삼이 더럽혀졌으니 새것을 준비하거라!”

아이를 쫓아낸 스님들이 주지를 향해 연신 죄송하다는 말을 되풀이했다. 주지는 화가 풀리지 않아 온몸에 힘을 잔뜩 주고 고개를 더욱 꼿꼿이 쳐들었다.

“다시는 천한 것들이 황룡사 안으로 못 들어오도록 하거라. 이런 일이 또다시 일어난다면 내 가만있지 않을 것이다!”

황룡사에도 어느덧 어둠이 짙게 깔렸다. 교교한 달빛은 고요했고 바람은 슬프고 차가웠다. 황룡사 아홉 용의 눈에 눈물이 맺혔다.

역병의 마을

유난히 까마귀가 들끓는 마을로 원효가 들어가고 있었다.
붉은 줄 밖에서 한 스님이 목탁을 두드리는 동안, 원효는 붉은
줄을 넘어 안으로 들어갔다. 원효의 행색은 영락없는 거지꼴이
었다. 까마귀 소리 가득한 마을로 바랑 하나 달랑 메고 들어가
는 원효에게 기도하던 스님이 말했다.

"들어가시면 역병에 전염될 거요. 어서 돌아가시오!"

대꾸도 없이 안으로 들어가는 원효를 보며 기도승은 혀를
찼다.

"미친 중이 분명하네. 비렁뱅이라도 제 목숨 소중한 건 알
아야지!"

기도를 마친 스님은 목탁을 챙겨서 옆에 있던 병사들과 황
급히 자리를 떠났다.

비릿한 죽음의 냄새가 입구에서부터 온 마을을 덮치고 있
었다. 조금 더 걷다 보니 길가에는 죽어가는 사람들과 이미 오
래전에 죽은 시체들이 서로 엉켜 있었다. 죽어가며 고통으로 뒹
굴던 사람들이 견디다 못해 밖으로 뛰쳐나왔던 것이다.

그도 그럴 수밖에 없는 것이 전쟁터에서 팔다리를 잃거나

심하게 다쳐서 살아날 가망이 없으면 이곳 죽음의 마을로 데려왔다. 처음에는 의원이라도 몇 있는가 싶었는데, 얼마 있지 않아 그들마저 도망을 가버리고 나중에는 전염병까지 돌아서 이제는 멀쩡한 사람도 역병의 손아귀에서 벗어날 수 없는 마을이 되었다.

역병은 사람들의 피부 속까지 파고 들어가 살가죽이 썩어 문드러지게 했다. 사람들의 얼굴과 몸은 점점 괴기스러운 모습으로 무너져 내렸다. 집집마다 앓는 소리가 얼기설기 엮어 놓은 울타리를 넘나들었다. 아무런 도움의 손길도 없는 마을 전체가 무겁게 신음했다.

그렇게 타들어 가는 사람들 속으로 원효가 들어갔다. 집 안으로 들어가 환자들의 피고름을 닦아내고 미음을 끓여 먹이며 열을 내리는 약초를 구해오기도 했다. 이미 수행의 과정에서 몸을 치료하는 법을 체득했기에 정성을 다해 그들의 생명을 하나하나 살려내었다.

온몸이 썩어 들어가는 사람들은 마치 살아있는 귀신처럼 괴이한 악취를 풍기며 신음했다. 원효는 냇가로 가서 병자들의 옷을 빨았다. 몸이 조금 나아진 아낙들이 원효를 따라와 같이 동참하기 시작했다. 피고름이 깊게 배인 옷가지들을 빨래하고 집 안을 청소하고 병자들을 먹이고 치료하는 일로 하루가 어떻게 저무는 줄 몰랐다. 시간이 얼마나 흘렀는지 이곳에서만 벌써 한 달 하고도 보름이 지났다.

때때로 하늘을 까맣게 덮은 까마귀 떼가 요란하게 울어댔다. 병자들의 고통소리가 어둠의 적막을 찢어버렸다. 원효는 약을 달이고 있다가 잠시 허리를 펴고 하늘을 보았다. 옆에서 일하던 진주댁은 약을 달이는 원효가 혹시 이곳을 떠나기라도 할까 봐 염려되는지 말이 많아졌다.

"거사님, 이 약이 살이 썩어가는 데 효험이 있다고 모두들 거사님을 약사보살님이라 합니다요. 우리 소성 거사님은 약사보살님으로 우리에게 오신 거네요. 지들은 거사님이 떠나실까 그것이 늘 걱정이에요. 우리 영감도 거사님 정성으로 살아나서…."

상주댁이 약을 나르려고 다가와서는 한숨을 쉬며 말했다.

"거사님 오시기 전에는 죽어도 쉽게 땅에 묻히지 못하고, 살아있는 사람도 함부로 집 밖에 나오질 못했지요. 우리 약사거사님이 오셔서 살 사람도 살고 죽을 사람마저 살고 있어요. 그렇지만 언제까지 우리 때문에 이렇게 고생만 하셔야 할지…."

원효는 두 아낙의 말에 엷은 미소를 지으며 연신 약탕기에 부채질을 했다.

다음 날, 원효는 새벽부터 맑은 샘물을 길어왔다. 장작을 패서 병자들이 한기를 느끼지 않도록 불을 때고, 부지런히 약을 달였다. 혼자 다 할 수 없는 일이기에 병자를 간호할 수 있는 사람들을 따로 교육시켰다.

마을은 서서히 살아나기 시작했다. 저마다 나눠서 일하고, 내 것 네 것 없이 먹을 것을 함께 공유했다. 모두가 한 가족이 되었고 진정으로 하나가 되었다.

그러나 시신을 묻고 또 묻으며 장례를 치르는 것도 큰일이었다. 많은 시신이 마을 여기저기에 방치되면서 전염병이 걷잡을 수 없이 번져나갔기에 급한 대로 시신을 화장해야만 했다. 살아남은 사람들은 극락왕생을 기원하며 역병으로 죽은 가족과 이웃을 떠나보냈다. 시신 화장은 장정들이 도맡았다. 전염병을 앓다 살아난 사람들은 소생의 기쁨을 역병에 걸린 병자들을 치료하는 일로 나누었다.

죽음의 마을이 점차 기도의 마을로 바뀌었다. 누구나 두려워지면 소성 거사가 가르쳐준 대로 나무아미타불 관세음보살을 염불했다. 염불만 잘해도 극락에 갈 수 있다는 믿음은 죽음을 앞둔 병자들의 얼굴도 미소 짓게 했다.

두 달이 지나갔다. 기울었던 달이 다시 차올라 둥그렇고 환하게 빛났다. 소생의 밤이었다. 원효는 달빛 속에서 들려오는 피리 소리에 이끌려 밖으로 나왔다. 공덕천녀가 달빛을 받으며 피리를 불고 있었다. 하얗게 너울거리는 옷이 달빛을 받아 신비롭게 빛났다.

공덕천녀 뒤에는 마치 검은 그림자처럼 흑암천녀가 서 있었다. 흑암천녀의 얼굴은 검은 실루엣 때문인지 더욱 창백했다.

공덕천녀의 피리 소리는 회생의 선율이 되어 마을 전체로 퍼져나갔다. 소리는 빛이 되어 사람들의 가슴속에 닿았고 점차 밝은 기운으로 충만해졌다. 이윽고 공덕천녀가 피리를 마루 위에 내려놓으며 말했다.

"그동안 고생이 많으셨습니다. 대사님께서는 역병을 무서

위하지 않으시고 이곳에 오셨습니다. 우리 두 천녀는 대사님의 공덕을 찬탄할 뿐입니다."

이번에는 흑암천녀가 원효를 보며 말했다.

"원효 대사님, 걱정하지 않으셔도 됩니다. 앞으로 더는 이 마을에 재앙의 기운을 퍼트리지 않겠습니다. 점차 역병의 기운이 사그라질 것입니다. 대사님의 정성이 이리도 지극한데 저로서도 어찌 물러나지 않을 수 있겠습니까? 제가 물러날 때가 된 것입니다."

두건이 눈 밑까지 내려와 얼굴이 확연히 보이지 않았지만, 공기를 차갑게 가르는 흑암천녀의 음성은 청명하기 그지없었다. 공덕천녀는 미소를 지으며 말했다.

"이제 역병은 걷힐 겁니다. 행운과 축복의 기운으로 이 마을은 다시 살아날 것입니다. 이번 기회를 통해 인간들은 서로를 어떻게 사랑해야 하는지 배웠기 때문에 그 축복이 더 클 것입니다. 참으로 고생이 많으셨습니다."

두 천녀는 말을 마치고 나란히 서서 원효를 향해 두 손을 모으고 합장했다. 그러고는 홀연히 사라졌다. 원효도 두 천녀를 향해 경건하게 합장했다. 공덕천녀가 앉았던 자리에는 피리가 놓여 있었다. 원효는 피리를 소중하게 들고 달빛을 바라보았다.

이윽고 원효는 거친 손으로 피리를 불기 시작했다. 밤하늘이 아름다운 풀피리 소리로 가득했다. 지옥과 극락이 빛과 어둠처럼 그렇게 같이 있었다. 오늘은 지옥이었지만 내일은 극락이 될 수도 있었다. 죽음의 마을은 이제 소생의 마을, 축복의 마을,

아미타불의 마을이 되었다. 원효의 눈에는 어느덧 눈물이 고였다. 소성 거사로 살아온 삶은 쉴 새 없이 고단했지만, 지금 이 한 순간만큼은 편안하게 쉴 수 있다고 생각했다.

다음 날이 되자 원효는 아침부터 짐을 싸기 시작했다. 마을 여기저기서 사람들이 모여들었다. 주먹밥이며 짚신이며 감사의 마음을 전하기 위해 무언가를 들고 온 마을 사람들은 이제 헤어져야 하는 원효를 부둥켜안았다. 질병에서 완치된 사람들뿐 아니라 아직 거동이 불편한 사람들도 빠지지 않았다. 원효는 누구라고 할 것도 없이 일일이 안아주고 손을 잡아주었다. 다리 하나를 잃고 살아난 재웅이가 원효의 손을 잡고 환하게 웃으며 말했다.

"소성 거사님, 죽어가는 저를 다시 살려주시고 우리 마을 사람들을 역병에서 구해주셔서 고맙습니다요. 거사님은 저희들 생명의 은인이십니다. 외람된 말씀입니다만, 나중에라도 부디 이 마을에 다시 와주셨으면 합니다. 모두가 거사님을 기다리고 있을 겁니다."

마을 사람들도 모두 같은 생각이었다.

"네, 거사님. 꼭 다시 한번 우리 마을에 와주셔야 해요."

"어딜 가시든 건강히 계시다가 꼭 다시 오셔야 해요. 아셨죠?"

"저희에게도 보답할 기회를 주셔야지요, 거사님. 부디 건강하게 다시 돌아오셔야 합니다."

목이 메었지만, 재웅은 가슴 깊숙한 곳에서 올라오는 이별의 슬픔을 애써 누르고 또 눌렀다. 그리고 원효에게 삼배의 예를 올렸다. 재웅의 뒤를 따라 마을 사람 모두가 원효에게 삼배를 올렸다. 원효는 놀라서 당황한 기색이 역력했지만, 이내 웃으며 마을 사람들을 향해 정중하게 삼배의 예를 올렸다.

어느새 마을 입구까지 따라 나온 마을 사람들은 바랑 하나 짊어지고 떠나는 원효의 뒷모습을 눈물을 훔치며 바라보고 있었다.

설총의 눈물

요석은 아들도 떠나보냈다. 스님이 되겠다고 아들 설총마저 요석궁을 떠났다. 어린 나이였지만, 아버지 원효처럼 바랑 하나 메고 길을 나서는 아들을 그녀는 미소로 떠나보냈다. 함께 있고 싶은 마음을 애써 누르고 아들 총이 선택한 길을 기꺼이 축복하며 보냈다. 두 딸들은 모두 혼기를 맞아 결혼해서 행복하게 살고 있었으며 가끔 어머니인 요석과 동생을 만나러 친정에 들르곤 했었다. 설총을 사랑하는 누이들의 마음도 눈물겨웠다.

설총은 아버지 원효가 세운 초개사에서 출가했다. 어머니 요석도 아들이 출가하는 날 초개사에 같이 있었다. 아버지를 닮아서인지 아들의 머리카락은 유난히 검고 숱이 많았다. 삭도가 닿은 머리카락은 번뇌가 잘리듯 단번에 깎여나갔고 어느새 파르라니 말끔해졌다. 아들이 삭발하는 모습을 지켜본 요석은 이제 아들과도 이별했음을 인정할 수밖에 없었다. 그날 이후로 가끔 서신만 주고받을 뿐 혹여 아들의 수행에 방해라도 될까 해서 그녀는 아들을 보고 싶은 어미의 마음을 누르고 살았다. 요석이 할 일은 오직 기도뿐이었다.

몇 해가 순식간에 흘러갔다. 요석궁에도 어김없이 가을이 찾아왔고, 요석궁의 정원은 가을꽃들로 장관을 이루었다. 꽃을 좋아하는 요석은 정원에 나갈 때마다 요석궁에 피어난 꽃들을 살아있는 자식처럼 하나하나 아끼며 가꾸었다. 아름다운 두 딸이 한 번씩 찾아와 어머니 요석과 함께 정원을 거닐곤 했다.

가장 가까이서 언제나 요석의 시중을 드는 시녀 유미는 점점 더 깊게 드리워지는 요석의 눈가 주름을 눈치채고, 꽃다웠던 요석의 인생도 이제 시들어가고 있음을 가슴 아파했다. 하지만 요석을 대할 때면 언제나 환하게 웃으며 애써 자신의 속마음을 감추었다.

"공주마마, 올해 핀 국화는 다른 해보다 더 크고 아름다운 듯합니다."

요석은 유미의 말에 미소 지으며 국화 향기를 맡았다. 가을 구름이 정처 없이 흘러가고 있었다. 요석은 국화를 닮아가고 있었다.

갑자기 요석궁이 소란스러워졌다. 궁 밖으로 심부름을 보냈던 시녀 하나가 급하게 뛰어 들어오며 숨을 헐떡거렸다.

"공주마마…, 공주마마…, 지금…, 이리로…, 오고 계신다고…, 하옵니다. 거의 도착하셨다고…, 하옵니다."

"무슨 소리냐? 누가 온다는 게야? 거의 도착했다니, 누굴 말하는 게냐?"

"서, 서, 서, 설, 설총 도련님 말입니다, 마마."

요석의 크고 맑은 눈이 동그래졌다.

"뭐라고? 우리 총이가 오고 있다고?"

요석은 놀랍기도 하고 믿기지도 않았지만 아들의 얼굴을 볼 수 있다는 생각에 기쁜 마음이 앞섰다. 그러나 지난해 겨울 아들 총이 서신을 보내왔었다. 대나무가 사찰을 에워싸고 있는데 흰 눈 속이라서 더욱 푸르고 성성하다며 자신의 법 공부가 더욱 즐겁게 무르익고 있다는 내용이었다.

'수행에 한창일 터인데, 집에는 무슨 일로 오는 것일까?'

급한 마음에 요석은 처소로 들어가서 아들 총을 위한 다과를 준비하도록 일렀다. 잠시 후 정말 아들 총은 늠름한 모습으로 어머니 요석 앞에 서 있었다. 그런데 회색 승복이 아니라 사인의 옷을 입고 있었다. 요석은 묻지 않았다. 다과상을 앞에 두고 손수 차를 따라주며 아들의 말을 기다렸다. 시간이 흐르고, 아들 총이 어머니 요석을 다정하게 바라보며 말했다.

"어머니, 소자 불가에 입문해서 용맹하게 정진했습니다. 제가 이렇게 환속한 것은 뜻한 바가 있어서입니다. 불자이자 유자로 살고자 결심을 했기 때문입니다. 아버님의 책을 읽고 중생을 사랑하는 아버님의 마음을 깊이 깨달았습니다. 어린 시절 파계승의 아들이라고 숨고 아버님을 원망하던 총이는 이제 세상에 없습니다. 다만 나라를 통합하고 만백성과 함께하려는 아버님을 한마음으로 따르려는 또 다른 총이가 있을 뿐입니다."

아들의 목소리는 솔직하고 당당했다. 한여름 대숲에 쏟아지는 햇살처럼 시원스러웠다.

총은 태어날 때부터 머리가 영민하고 재주가 출중해서 신동이라고 불렸다. 그뿐만 아니라 말을 타고 활을 쏘는 궁술에서도 단연 독보적이었다. 손에 검을 들면 검과 하나가 되어 마치 검무를 추듯 날카로우면서도 우아하게 검을 휘둘렀다. 시를 쓰고 문장을 짓는 일에도 타고난 재주를 지니고 있었다. 사람들은 장차 나라의 큰 기둥이 될 거라고 입을 모았다.

그러나 요석은 아들 총이 행복하기만을 바랐다. 외모나 성격을 그대로 닮은 아버지 원효처럼 자신의 길을 가기를 바랐다. 어머니로서 바라는 것이 하나 더 있다면 지금 살고 있는 현생뿐만 아니라 죽은 이후의 다음 생도 잘 준비하게 하는 것이었다. 아들 설총을 자리이타의 마음으로 지혜와 자비로 살게 해야겠다고 늘 생각했다.

사실 아들의 출가는 요석으로서는 상상도 하지 못한 일이었다. 요석 자신은 진골 신분의 공주로 살았지만 아들 총은 아버지의 출신을 물려받아 육두품이었다. 출가하기 전 아들은 때로는 야생마처럼 돌진하고 걷잡을 수 없이 출렁였다. 파계승의 아들로 사는 것을 수치스럽게 생각했으며 어머니 요석을 바라보는 눈빛에도 분노와 불만이 서려 있었다. 그런 고뇌의 밤들을 보낸 총은 스스로 출가를 결심했고 어미의 품을 떠났다.

그런데 이제 속퇴하여 돌아온 아들이 불가와 유가를 함께 운영하겠다는 포부를 밝히고 있었다. 불가에서의 공부가 총을 살찌우고 더욱 단단하고 여유롭게 성장시켰다는 것을 요석은 알았다. 아들 총은 예전의 총이 아니었다. 이미 또 하나의 원효가 자라고 있었다.

아들 총은 아버지 원효를 원망했었다. 아버지의 손길이 한

창 필요한 나이에 만나주지 않는 아비가 원망스러운 것은 너무나 당연한 일이라고 요석은 생각했다. 요석은 아들에게 무심한 듯 한마디 툭 던졌다.

"아직도 아버지를 원망하느냐?"

총의 눈빛이 잠시 흔들리는가 싶더니 명쾌하게 말을 이었다.

"저는 아버지께서 쓰신 수많은 불법 책을 읽으며 이미 아버지를 깊이 만났습니다. 어머니께서 아버지는 살아있는 관세음보살님이라고 하신 이유를 깨달았습니다. 아버지께서는 아프고 고통스러운 중생과 함께하시기 위해 자신의 모든 것을 내던지신 분입니다. 이제 저는 더 이상 어리석은 총이 아닙니다. 어머니, 아버지를 만나러 가고 싶습니다. 직접 만나겠다는 것이 아닙니다. 그림자라도 밟아보고 먼발치에서 절이라도 올리면 족합니다."

요석의 가슴이 뜨거워졌다.

"내 아들 총아, 이 어미가 네 마음의 광대함을 따라가지 못하는구나. 사실 이 어미는 네 아버지가 우리를 잊으셨다는 생각이 들 때마다, 헤어질 때 이미 각오한 일이었어도, 서운한 마음이 아예 없지는 않았구나."

잠시 후 요석은 시녀 유미를 불렀다.

"사람을 시켜 대사님이 어디 계신지 알아보도록 일러라. 아무래도 이번에는 내가 대사님을 찾아야겠구나. 멀리서 그림자라도 뵙고 싶으니."

유미는 허리를 굽히며 말했다.

"네 마마, 지체하지 않고 빠르게 알아보겠나이다."

요석에게 지난 일들이 그림처럼 빠르게 지나갔다. 아들 총을 외롭게 홀로 낳았을 때, 처음으로 아들의 얼굴을 바라볼 때를 기억했다. 혼자 기쁨과 서러움으로 울었던 많은 밤들이 사무치는 감정으로 올라왔다. 원효는 떠나면서 아이가 태어나면 이름을 총이라고 하라 일러주었다. 그 외에 다른 말을 남기지도 않고, 뒤도 돌아보지 않고 바람처럼 떠났었다.

이제 요석은 다시 원효의 그림자라도 만나야겠다는 마음으로 차분하게 준비를 하고 있었다. 며칠 후 원효의 소식이 들려왔다. 요석은 총을 불러 말했다. 목소리에 봄날 꽃잎 같은 설렘이 묻어 있었다.

"아들아, 아버지는 너를 귀히 여기시고 소중히 생각하신단다. 다만 스스로 자신의 길을 자신의 등불로 밝혀 나가길 바라시는 것이니라. 소요산으로 가자꾸나. 아버지는 거기서 자재암을 짓고 수행 중이시라고 하는구나. 이번에 안 만나 주신다고 하더라도 우리 모자가 먼발치에서 절을 올리며 아버지를 마음으로 모시는 것만으로도 족하지 않겠느냐?"

어머니 요석과 설총은 오랜만에 활짝 웃으며 뜰을 거닐었다. 곧 소요산에 가서 원효의 그림자라도 만날 수 있다는 생각에 마음이 설레기 시작했다. 별이 총총하게 뜬 밤이었다.

다음 날 요석궁에서 소요산으로 가는 공주의 행차가 있었다. 어머니를 모시는 설총이 백마에 올라탔다. 늠름한 기상은 세상을 압도했으며 바람도 잠시 멈추어 설총을 바라보았다. 설총은 어머니를 모시고 가는 이 길이 부처님을 모시듯 경건하게 느껴졌고, 아버지를 향한 신심에 가슴이 벅차올랐다.

소요산에 거의 도착할 무렵 가마가 갑자기 멈추었다. 호위무사가 길을 비키라며 내지르는 차가운 목소리가 요석에게까지 들려왔다. 요석이 가마 안에서 무슨 일인지를 물으려는 순간, 웬 남자의 흐느끼는 소리가 들려왔다. 요석은 가마를 멈추라 하고 황급히 가마에서 내렸다.

남자는 초라한 행색에 바싹 마른 몰골로 거칠게 숨을 몰아쉬었다. 살려달라며 꿇어앉아 있었는데 다리가 성치 않아 보였다. 호위를 책임지는 호위대장이 이 남자의 목에 칼을 겨누었다. 호위대장의 목소리는 단호했다.

"감히 공주마마께서 행차하시는데 이런 무례를 저지르다니, 죽어 마땅하구나!"

호위대장의 칼날이 허공을 가로질렀다. 설총은 순간 호위대장을 저지했다.

"그만두시게!"

설총의 말 한마디가 떨어지자 호위대장은 어쩔 수 없이 칼을 도로 칼집에 넣었다.

설총이 남자에게 다가갔다. 시체처럼 앉아 있는 남자에게 설총은 미소를 지으며 음식을 주었다. 총은 남자에게 말했다.

"사는 게 힘들다고 걱정하지 마시게나. 내 아버지 원효 대사께서는 모든 사람에게 나무아미타불 관세음보살을 염하라고

하셨다네. 자네도 생이 너무 고통스러우면 그때마다 관세음보
살님께 의지하게나."

총은 남자를 깊게 안아주었다. 남자는 세상에 태어나 따뜻
함을 처음 느꼈다. 남자의 눈에서 굵고 뜨거운 눈물이 떨어졌
다. 아들을 바라보는 요석의 눈에서도 뜨거운 눈물이 솟구쳤다.
요석은 아들의 자비로운 행동을 보며 아들의 모습에서 원효를
보았다. 함께 아파하고 함께 슬퍼하고 함께 살고 함께 죽고자
하는 사랑의 마음을.

총은 어머니를 태운 가마로 돌아와서 말했다.

"어머니, 아버님께서는 일체중생의 몸은 진여로서 평등하
여 다름이 없다고 하셨습니다. 길에서 떠도는 배고픈 저 사람과
제가 다르지 않습니다. 아버님의 마음으로 그에게 음식을 주고
돌려보냈습니다."

요석의 얼굴은 환희로움으로 빛났다. 아들 총은 정신이 든
듯 요석에게 말했다.

"어머니, 날씨가 너무 차갑습니다. 가마에 어서 오르세요."

요석은 말없이 가마에 올랐다. 언젠가 원효가 요석에게 한
말이 떠올랐다. 한 사람의 생명을 구하는 것은 전 우주를 구하
는 것만큼 중요하다고 했다. 요석은 살아온 날들에 대해 참회를
하면서 또한 앞으로 살아갈 날들이 중생들을 위한 보살행으로
이어지길 발원했다.

요석과 아들 총이 소요산에 다다랐다. 문무왕은 미리 동생
요석과 조카 설총이 기거할 곳을 자재암 가까이에 준비시켜 놓

왔다. 동생을 늘 가련하게 생각한 문무왕의 배려였다. 요석은 혹시나 하는 마음으로 원효에게 시녀를 보내 아들이라도 만나줄 것을 청하였다. 돌아오는 답은 없었다.

요석은 원효를 만나지 못하리라 생각했다. 그러나 요석과 아들 총은 단지 원효의 그림자만이라도, 그림자가 안 된다면 바람을 타고 들려오는 원효의 숨소리만이라도 느끼고 싶었다. 소요산에서의 기다림은 두 모자에겐 수행과 정진 같은 것이었다. 무어라고 반응도 않는 아버지였으나, 기다리는 동안 모자는 점점 행복감과 환희로움으로 충만해졌다. 새벽마다 일어나 아버지 원효 대사가 있는 곳을 향해 절을 올리는 어머니 옆에서 설총도 절을 올렸다.

요석이 머무는 곳과 원효가 머무는 자재암은 한달음에 달려갈 수 있을 만큼 가까웠지만 그들은 만나지 못했다. 만나지 못했어도 아들 설총은 늘 아버지를 만나고 있었다. 아침저녁으로 대자연을 흔들어 깨우는 타종 소리가 산 전체에 울려 퍼졌다. 타종 소리, 염불 소리, 새소리, 바람 소리가 긴 세월 떨어져서 만나지 못하던 부자 사이를 더욱 돈독하게 지탱해주고 있었다.

아수라 흠돌의 계략

신라를 움직이는 두 사람, 진공과 흠돌은 풍월주로 화랑을 이끌었다. 진공에게는 미실 궁주의 피가 흐르고 있었다. 미실 궁주는 진흥왕을 섬겨서 반야 공주를 낳았으며 반야 공주의 적손이 진공이었다. 진공은 문장에 능하고 굳세고 용맹했지만 자신의 성욕을 감당하기 어려웠고 탐욕스러웠다. 늘 비밀에 싸여 있는 그는 음지만을 찾아다니는 짐승처럼 고약한 기운을 내뿜었다.

서라벌의 힘 있는 권세가 찰두와 야합하여 그의 세 딸을 모두 첩으로 삼기도 했고 흠신의 딸과도 몰래 정을 통했다. 그와 강제로 정을 통한 여인들이 한둘이 아니라는 건 단지 소문만은 아니었다. 진공이 풍월주의 지위에 5년간 있다가 그 지위를 넘겨주었던 가장 친한 이가 바로 흠돌이었다.

야비한 아수라, 흠돌은 겉모습은 그지없이 선량한 풍월주였다. 잘생긴 용모가 그의 악행과 만행을 감추어주었고, 문무왕의 어머니인 문명 태후의 조카이기에 권력의 중심에서 권세를 휘둘렀다. 그는 일찍이 문무왕이 태자였던 시절 자의를 사랑하고 연모했다. 살기와 음기로 뭉쳐진 그의 검은 심장에 자의의 햇살 같은 미소가 화살이 되어 꽂혔다. 그렇지만 이제 자의는 태자비에서 왕후가 되었고 문무왕의 사랑은 극진했다. 흠돌에게는 참을 수 없는 고통이었다.

흠돌에게 가장 큰 뒷배는 바로 문명 태후였다. 가야왕의 후손인 김유신의 동생으로 가야 세력이 권력을 잡기를 늘 열망했던 문명 태후는 흠돌을 아끼고 그의 말을 모두 들어주었다. 자신의 조카를 알뜰히 챙겼다. 문명 태후가 있었기에 그는 두려움을 모르고 간언하고 간책하고 온갖 못된 짓을 골라서 할 수 있었다.

아수라 흠돌이 풍월주가 되어 화랑을 이끌었고 차례로 그의 사위와 아들 또한 풍월주가 되었다. 그런 흠돌은 친구 진공과 결탁하여 신라의 권력을 독차지했다. 흠돌은 왕이 되고 싶었다. 자의 왕후를 자신의 첩으로 삼고 싶었다. 자신을 냉대한 자의 왕후에게 가장 비극적인 복수를 하고 싶었다.

흠돌의 부인도 남편 못지않은 요기로서 음흉하고 사악하기가 이를 데 없었다. 두 사람은 부부로서 죽이 잘 맞았다. 흠돌은 자의를 첩으로 삼으려고 온갖 계략을 다 써보았으나 이제는 왕후까지 되었으니 치밀한 음모가 필요했다. 흠돌은 자의를 헤치려는 마음으로 문명 태후를 만나러 가고 있었다.

문명 태후는 조카 흠돌을 반가운 마음으로 맞이했다. 조각처럼 잘 생긴 흠돌의 얼굴에 비굴한 미소가 떠올랐다.

"마마, 폐하의 선정이 있기에 만천하가 태평하옵니다."

문명 태후는 모든 것이 만족스러웠다. 조카 흠돌은 보기만

해도 흐뭇했다.

"아무래도 그대가 오늘 단단히 내게 할 말이 있는 게로구나. 나는 흠돌 자네의 말이라면 뭐든 다 들어주고 싶은 마음이니 말해 보거라."

흠돌은 조심스럽게 말했다.

"마마, 자의 왕후가 요즘 자신의 세력을 모으고 있다고 하옵니다. 우리 가야 세력은 자의 왕후로 인해 어려움에 처해 있습니다. 자의 왕후를 폐비시켜 궁 밖으로 몰아내는 게 마땅한 듯합니다."

문명 태후의 얼굴이 돌처럼 굳어지며 싸늘하게 말했다.

"자네는 이 일로 내 심기를 여러 번 어지럽히고 있네. 돌아가신 무열왕께서 자의를 아끼셨고, 내 아드님이신 폐하께서 자의를 믿는 마음이 깊다는 것을 모르는가? 그만하게나. 자의를 공경에 빠트려서 무엇을 얻으려 하는고?"

"태후마마!"

"허허. 멈추라면 멈추어야 하는데 어찌 멈추지 못하고 자주 이러는 것인가!"

당황한 흠돌이 다시 아뢰었다.

"마마, 저는 다만 우리 가야 가문을 위해서 이러는 것이옵니다. 마마의 심기를 어지럽히는 일이라면 소인 다시는 이런 말씀을 올리지 않을 것입니다. 부디 노여움을 푸시옵소서."

문명 태후는 흠돌의 말을 듣고 안색이 다시 밝아져서 고개를 끄덕이며 말했다.

"우리 가야 가문의 대들보인 자네가 있기에 내가 아무 걱정이 없다네. 내 말을 명심하게나."

흠돌은 연신 고개를 숙이며 말했다.

"분부대로 하겠나이다."

흠돌은 문명 태후를 만나고 나서 바로 황룡사의 주지를 집으로 오라고 일렀다.

야심한 밤이었다. 흠돌은 자신의 방에서 주지를 기다리고 있었다. 흠돌의 대저택은 문무왕이 기거하는 궁궐만큼 호사스러웠다. 침실 옆방에는 온갖 진귀한 보석과 패물을 감추어 둔 비밀공간이 따로 있었으며 칼을 든 무사들이 밤낮으로 흠돌을 지키고 있었다.

흠돌은 손님을 접대하는 호화스러운 처소에서 황룡사 주지를 맞이했다. 흠돌에게는 아들이 둘 있었는데 하나는 흠언이었고 다른 아들은 보정 스님이었다. 흠돌은 큰아들 보정 스님이 늘 보고 싶었다. 외모는 자신을 닮아 조각같이 반듯한 얼굴을 가졌으나 내면은 자신과 달라서 권력에 조금도 관심이 없었다. 흠돌이 물려주고 싶었던 모든 권력과 재물은 둘째 아들 흠언이 독차지하고 있었다.

주지는 눈치를 보며 말했다.

"어찌하여 저를 찾으셨습니까?"

흠돌이 주지를 바라보며 말했다.

"내 아들 보정 스님은 잘 있습니까?"

주지는 당황한 기색을 애써 감추었다. 얼마 전까지만 해도 주지인 자신에게 대들면서 원효를 비호한 승려가 보정이 아니던가. 그렇다고 신라 최고의 관직인 상대등 영감에게 아들의 허물을 고자질할 수도 없는 일이었다. 아버지와 아들이 어찌 이리 다를 수 있는가를 생각하며 자신의 주지 자리를 오래 보전하는 길이 무엇인가를 빠르게 계산했다. 계산할 것도 없이 흠돌의 비위를 맞추어야 했기에 눈치를 살피며 흠돌에게 말했다.

"보정 스님은 수행자로서 타고난 분이십니다. 아무 걱정하지 마옵소서."

흠돌은 안심한 듯 부드러운 낯빛으로 주지를 향해 몸을 기울이며 말했다.

"아무래도 이 시국을 잘 활용하여 이 흠돌의 세상을 만들어야겠습니다. 그러려면 문무왕이 아끼는 원효 같은 무리를 제대로 손봐줘야 합니다. 원효가 전국을 떠돌아다니며 백성들을 보살피다가 이제는 산중으로 들어가 수행 정진하고 있다고 들었습니다. 원효가 옴짝하지 못하도록 늘 감시하고 원효와 임금이 결탁하지 않도록 신경을 쓰셔야 합니다. 지금의 임금께서 원효와 호형호제하던 시절이 있었기에 하는 말입니다. 주지께서도 원효 같은 자가 사라져야 더 큰 일을 할 수 있지 않겠습니까!"

주지는 흠돌의 말에 크게 고개를 끄덕였다. 자신의 야망을 알아주어 고마운 마음마저 들었다.

"분부대로 하겠습니다. 아무 걱정하지 마시고 저를 믿으시면 됩니다. 원효 같은 파계승이 발을 못 붙이도록 제가 각별히 신경을 쓰겠습니다."

흠돌은 늘 원효가 눈엣가시였고 두려웠다. 자신의 권력이 커지고 있는 마당이라 원효가 누구보다도 마음에 걸렸다. 늘 바른말을 내뱉는 원효였다. 게다가 누가 뭐래도 원효는 무열왕의 사위이며 금상의 매제였다.

가진 것을 다 버리고, 떠돌이 생활을 하며 천민들과 함께 사는 원효가 왜 이리 두려운 것일까. 흠돌은 안심하고 주지를 돌려보냈다. 늘 짐승의 눈으로 먹을 것을 찾아 헤매는 흠돌의 삶은 아수라의 삶이었다. 그날 밤도 흠돌은 쉬이 잠들지 못했다. 온갖 망상에 시달리며 자의 왕후를 해칠 계략을 생각하고 또 생각했다.

자의 왕후와 신궁

궁궐에도 눈이 내리고 있었다. 처음에는 간간이 작은 눈송이가 흩날리더니 점점 기세가 세어져 굵은 눈발이 궁을 덮고 있었다. 문무왕은 집무를 보지 않고 자의 왕후의 처소에 앉아 있었다. 왕후는 창백한 얼굴로 기침을 하고 있었다. 혼절했다가 깨어난 왕후는 두통이 심해서 머리가 깨어지듯 아팠고 눈도 잘 보이지 않았다. 온몸이 타들어 가듯 열이 심했으며 손발도 잘 움직이지 못했다.

진노한 문무왕이 어의를 책망했다.

"왕후의 병이 왜 이리 차도가 없는 것이냐?"

문무왕의 불호령에 어의는 몸을 떨면서 간신히 대답했다.

"망극하옵니다, 폐하. 왕후 마마의 병을 낫게 하려고 두통에 좋은 환약과 기를 보충하는 모든 약재를 써 보았으나 효험이 없사옵니다."

문무왕은 어의의 말에 더욱 격분했다.

"머리가 깨질 듯 아파서 자주 혼절하고 이제는 말도 잘 못하는데, 어의가 되어서 모른다고 하다니! 그게 가당키나 한 소리더냐? 도대체 왕후의 병을 조금도 낫게 하질 못하는데 그러고도 어의라 할 수 있느냐!"

문무왕은 어의를 노려보며 다시 말을 이었다.

"어의는 속히 대책을 마련하라. 왕후의 병을 고치지 못한다면 네 목숨도 보전하기 어려울 것이야!"

어의는 식은땀을 연신 흘리며 벌벌 떨면서 물러났다. 문무왕은 왕후를 시름이 깊은 얼굴로 쳐다보았다. 자의 왕후는 타고난 아름다움으로 많은 이들의 탐심을 받았으나, 태자일 때부터 자의를 깊이 사랑한 문무왕이 그녀를 태자비로 맞이했다.

흠돌은 자의를 험담하고 궁지로 내몰아 궁궐 밖으로 쫓아내려고 온갖 방책을 다 동원했다. 한때 자의를 연모했던 그는 넘지 말아야 할 선을 넘기 시작했고, 그녀를 작고 초라하게 만든 연후 자신의 첩으로 삼으려는 계략이었다. 그러나 흠돌의 추악하고 천박한 모략은 번번이 실패했고, 문무왕은 흔들리지 않았다.

문무왕은 언제까지라도 자의 왕후를 지켜주고 싶었다. 국사로 여념이 없는 일정이었지만 왕후의 생명이 위태로웠기에 모든 것을 중단하고 신궁으로 향했다. 임금의 보위에 오른 이후 궁궐을 증축하고 화려하게 꾸몄으며 궁 안에서 진귀한 동물들을 키우게 된 일도 사실 자의 왕후를 기쁘게 하려는 마음에서였다.

왕후가 웃는 일이 문무왕에게는 가장 행복한 순간이었다. 그런 왕후가 지금 사경을 헤매고 있다. 화려한 궁궐도, 맛있는 음식도, 비단 금침도 사랑하는 왕후가 없다면 무슨 의미가 있겠는가. 신궁으로 향하는 문무왕의 마음은 초조하고 무거웠다. 눈발은 더욱 거세게 몰아치고 신궁은 오늘따라 더 크고 웅장해 보였다. 신라의 왕족들을 모시고 제사를 지내는 신궁은 신들의 나라 신라에서 가장 존엄한 곳이었다.

신궁은 궁 안에 따로 마련된 장소였다. 신궁의 화려함이 신궁의 위상을 말해주고 있었다. 신궁은 아무나 들어갈 수 없는 곳으로 오직 왕실만이 드나들 수 있었다. 천신과 지신, 역대 왕들을 모시는 신전은 여러 개의 문으로 장엄하게 이어졌고, 굵은 초가 황금 촛대 위에서 고요하게 제 몸을 태우고 있었다. 신전에서 태우는 향내가 신궁을 신비롭게 에워쌌다.

제사를 주관하는 제사장인 신관이 맨 앞에 나서고 신녀들이 모두 나와서 문무왕을 영접했다. 신녀로서 가장 존경을 받는 제사장은 비단으로 된 흰옷을 입고 흰 비단 끈으로 머리를 묶었으며 커다란 비단부채를 들고 있었다.

제사장이 문무왕에게 여쭈었다.

"폐하, 어찌 이리 급하게 납시었습니까?"

문무왕은 굳은 얼굴로 대답했다.

"왕후의 병이 깊은데 어의는 매일 헛발질이니 답답해서 내가 이리 왔구나. 천신과 지신의 힘을 빌려 왕후의 병을 어찌해야 하는지 알아 보거라."

제사장은 문무왕을 모시고 신궁 안으로 들어갔다. 문무왕도 역대 왕들에게 절하고 천신과 지신에게 절을 올렸다. 용신과 해신에게도 절을 올렸다. 진심으로 왕후의 건강을 빌고 또 빌었다. 문무왕의 기도가 끝나자 제사장이 다가와 말했다.

"저희 신궁의 신녀들은 밤낮을 가리지 않고 지극정성으로 기도를 올리고 있사옵니다. 천신과 지신께 빌어보고 있지만 천지신명의 말씀이 저희 신녀들에게 오지 않고 있습니다. 점을 쳐보고 있으니 좀 더 기다려 보시옵소서."

문무왕은 제사장이 이끄는 대로 자리를 잡고 단정하게 앉았다. 제사장은 여러 신녀들과 함께 다시 향을 피우고 기도를 올렸다.

천신이시여,
지신이시여.
북두대성 칠원성군이시여,
외호산신이시여.
신라의 대왕이신 문무왕께서 와 계십니다.
부디 자의 왕후 마마의 병환을 속히 낫게 하소서.

신녀들의 방울 소리가 신전을 가득 채웠다. 제사장은 부채를 들고 신들린 듯 기도하며 신의 음성을 기다리고 있었다. 이윽고 모든 기도를 마친 제사장이 문무왕에게 말했다.

"폐하, 당나라로 사람을 보내어 약을 구해오시는 것이 좋을 듯하옵니다. 왕후마마의 병환을 치료할 약은 당나라에서만 구할 수 있습니다. 저희 신녀들이 점을 쳐보니 그 길밖에는 다른 방도가 없사옵니다."

문무왕은 잠시 신녀들을 말없이 바라보았다. 알았다는 말을 남기고 황급히 가마에 올라탔다. 하염없이 눈이 쏟아지고 신녀들의 하얀 옷이 눈 속에서 너울거렸다. 가마에 올라탄 문무왕의 수염과 금포에도 눈송이가 묻어 있었다. 수심이 가득한 얼굴로 문무왕은 원효를 떠올렸다.

'그 사람 원효도 누이 요석을 생각하면 나처럼 이리 마음이 아리고 아플까? 자의를 구해야만 한다. 왕후를 구해야만 해!'

흰눈이 온 세상을 덮었다. 궁궐의 화려함도 저잣거리의 궁핍함도 모두 흰 눈 아래 가라앉았다. 이윽고 사위가 어둑해졌다. 순백의 눈에 파묻힌 궁궐의 어둠은 더욱 깊었다. 문무왕은 궁으로 오고 있는 파진찬 호림을 기다리고 있었다. 말 울음 소리가 들리는가 싶더니, 잠시 뒤 파진찬이 들어왔다.

"파진찬, 그대는 당장 왕후의 약을 구하러 당나라로 떠나게. 자네가 왕후의 약을 구해온다면 내가 이를 잊지 않을 것이야. 큰 상을 내리겠네. 왕후의 약을 조속히 구해오게나. 서둘러 길을 떠나시게."

파진찬 호림은 문무왕의 마음이 타들어 가는 것을 느꼈다. 호림 또한 풍월주로서 용맹하기 이를 데 없는 화랑이었다. 부처님 모시는 마음이 깊었던 호림은 문무왕의 고뇌와 절망을 누구보다 깊이 이해했다. 파진찬은 풍월주로 다시 돌아간 듯 맹호의 음성으로 문무왕에게 답했다.

"폐하, 소신 명을 받들어 반드시 왕후 마마의 약재를 구해오겠나이다. 이를 거행하지 못한다면 제 목숨을 드리겠나이다.

조금만 기다려주소서."

　문무왕은 호림의 다짐을 듣고 어둠이 걷히는 듯 안심이 되었다. 내관에게 자신이 사용하는 용호검을 가져오라 일렀다. 용호검은 문무왕이 전쟁에 나가서 쓰는 용검이었다. 문무왕은 말없이 보검을 바라보았다. 지난날 힘이 들 때면 검을 어루만지며 검의 결기를 되새기곤 했었다. 문무왕은 호림에게 용호검을 건네며 말했다.

　"그대에게 나의 분신인 용호검을 내리겠네. 부디 용호검을 가지고 당으로 가서 귀한 약재를 구해오시게나. 자네만 믿고 있겠네."

　용호검이 임금에게 어떤 의미인지를 알고 있었기에 호림은 깜짝 놀랐다. 호림은 무릎을 꿇고 검을 받았다.

　궁궐에서 나와 말을 타고 집으로 간 호림은 서둘러 당나라로 떠날 차비를 했다. 내일 아침이 밝자마자 바로 출발하리라 마음먹은 호림은 눈 덮인 자신의 집을 둘러보다가 뜰에 피어 있는 매화나무에 눈길이 닿았다. 눈 속에 피어난 매화는 더욱 깊은 향기가 나는 듯했고, 달빛 속에서 더욱 고결하게 빛났다. 호림은 매화를 바라보며 밤을 새웠다.

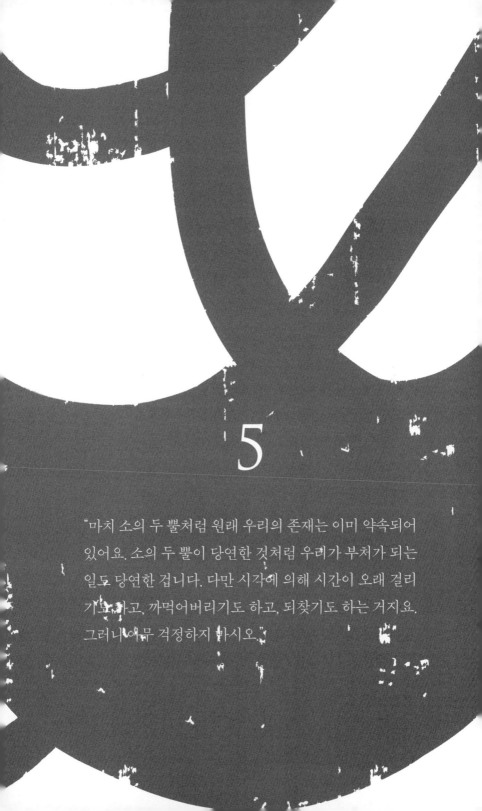

5

"마치 소의 두 뿔처럼 원래 우리의 존재는 이미 약속되어 있어요. 소의 두 뿔이 당연한 것처럼 우리가 부처가 되는 일도 당연한 겁니다. 다만 시각에 의해 시간이 오래 걸리기도 하고, 까먹어버리기도 하고, 되찾기도 하는 거지요. 그러니 아무 걱정하지 마시오."

당나라에 끌려온 백제 여인

호림은 황급히 당나라로 떠났다. 호림의 말발굽 소리가 고요한 들판을 쇠북처럼 크게 울렸다. 흑마를 탄 호림이 임금이 하사한 용호검을 차고 눈 위를 맹렬히 달려나갔다. 당나라에 도착할 때까지 쉼 없이 전진했다. 간혹 요기하려고 주막에 들르는 일 말고는 말에서 내리지도 않았다. 호림은 자신의 임무만을 생각하며 당나라를 향해 달리고 또 달렸다.

드디어 당나라 장안에 들어섰다. 날이 차가웠으나 구름 한 점 없이 맑은 하늘이었다. 장안은 108개의 구역으로 이루어져 있었으며, 오로지 당태종만이 사용할 수 있는 황제 전용도로에는 아무도 얼씬거리지 않았다. 장안의 동쪽과 서쪽에 시장이 각각 열렸고, 페르시아와 서역에서 온 물품들에 당나라 귀족들은 열광했다.

당나라 귀족 여인네들은 어깨가 드러나는 옷 위에 숄을 걸치고 다녔는데, 바람에 흩날리는 비단 숄을 좋아했다. 머리에는 부채꽃 화환을 꽂고 옥으로 만든 귀걸이와 금팔찌를 하고 다녔다. 호림은 동쪽 시장과 서쪽 시장을 두루 돌아다니며 약재로 유명한 곳을 찾아 헤맸다.

겨울이 가고 봄이 다가오고 있었다. 장안도 활기를 띠기 시작했다. 봄기운을 미리 느끼는 사람들은 유난히 생기가 넘쳐 보였다. 갑자기 호림의 등 뒤에서 한 여인의 목소리가 들려왔다.

"아, 큰일이구나!"

호림은 뒤를 돌아보았다. 잘못 들었나 싶었지만 분명 우리말이었다. 한 여인이 빠르게 호림을 지나쳐 갔다. 호림은 자신도 모르게 그녀를 쫓아가서 말을 붙였다.

"나는 신라 사람이오. 어디에서 오셨습니까? 조금 전 듣기로 우리 신라의 말을 쓰던데, 당나라에까지 와서 같은 고향 사람을 만나 기뻐서 묻는 것이오."

여자는 호림을 노려보았다. 그리고 차갑고 매섭게 말했다.

"당신은 내 조국을 멸망시킨 적국의 사람이군요. 나는 나라를 잃고 당나라에 포로로 끌려온 사람입니다. 지금은 당나라 재상집 마님의 노비로 있습니다. 나는 백제 명문가의 딸이었지만, 이곳에서 죽을 때까지 노비로 살아야 합니다. 그나마 내 신세는 낫다고 할 수 있지요. 나와 함께 인질로 끌려온 동족들은 모두가 처참하게 이 진창에서 벗어나지 못하고 있습니다. 그러나 기억하시길 바랍니다. 나의 조국 백제는 멸망하지 않았습니다. 나와 내 동포들은 하루하루 조국을 생각하며 가슴에 비수를 꽂는 심정으로 살아가고 있습니다."

호림은 그녀를 한동안 멍하게 바라보았다. 백제 여인이 들고 있는 초롱불이 그녀의 작은 얼굴을 어른거리게 했다. 여인이 들고 있는 초롱불은 가녀리고 곧 꺼질 듯 위태로웠지만 어두운 세상을 밝히며 고귀하게 빛나고 있었다.

그녀는 이름을 물어봐도 알 필요가 없다며 표정이 없는 얼굴로 호림을 쳐다봤다. 호림은 가슴이 내려앉았다. 그리고 갑자기 이 여인의 삶이 알고 싶어졌다. 머나먼 이국 당나라에 끌려와서 노비로 살아야 하는 이 여인에게 심한 죄책감이 느껴졌다. 호림은 간절하게 말했다.

"미안하오. 우리는 서로가 원치 않는 전쟁을 통해 수많은 원한을 맺었습니다. 진심으로 사죄드립니다. 우리부터라도 이제 원한의 실타래를 풀어야 하지 않겠습니까?"

호림의 얼굴을 찬찬히 쳐다본 후 여인이 말했다.

"제 이름은 설화입니다. 여우 기운이 천하를 덮었습니다. 백제인과 고구려인의 피눈물이 세상을 온통 붉게 물들이고 있습니다. 부활을 꿈꾸는 패전국의 유민들이 각자 조심스러운 움직임을 시작했습니다. 여우 기운을 몰아내고 달빛을 모아올 겁니다."

호림은 설화의 말을 들으며 난생처음 만난 백제 여인이 안전하고 행복하기를 기도했다.

시끄러운 장터였음에도 둘만의 대화는 고요하게 이어졌다. 세상이 멈춘 듯했다. 호림과 설화는 처음 만난 사람이 아니라 오랫동안 인연을 함께해온 사람처럼 잠시 서로를 응시했다. 하늘에서 내려준 실타래로 야무지게 서로의 손과 발을 묶어버린 듯 호림과 설화는 단단해진 인연을 느끼고 있었다.

호림은 바람에 휘날리는 설화의 머리카락이 아름답다고

생각했다. 낡은 노예의 옷을 입고 있었어도 설화는 이름 그대로 눈꽃처럼 맑고 깨끗한 여인이었다. 호림은 설화에게 말했다.

"당신을 다시 만나고 싶습니다. 꼭 다시 찾아와 당신이 자유인으로 살 수 있도록 하겠습니다. 순간의 만남이지만, 왠지 당신과 나는 세세생생의 전생에서부터 만나온 인연이라는 생각입니다. 아니, 너무나 분명하게 느껴집니다. 그러니 저를 잊지 말아주세요."

설화는 꼭 다문 입술로 고개만 잠시 끄덕였다. 설화의 고운 머리카락 몇 올이 하얀 이마에 살며시 흘러내렸다. 머리카락에서 시선을 떼고 호림은 설화의 눈을 정면으로 바라보며 다시 말을 이었다.

"나를 잊지만 말아 주시오. 나는 오늘의 언약을 반드시 지킬 것이오. 왕명을 받고 온 몸이라 당신을 따라가지 못하지만 그리 많은 시간이 걸리지 않을 것이오. 그때까지만 설화 낭자 부디 건강히 지내시오."

설화의 두 눈이 파르르 떨리더니 가만히 속눈썹이 내려앉았다. 설화는 말없이 고개를 끄덕일 뿐 여전히 말이 없었다. 신기하게도 처음 만난 사람과의 낯설고도 이상한 시간은 다시 만날 약속으로 간절하게 이어졌다. 호림은 왜 자신이 처음 만난 백제 여인에게 이토록 온 마음이 흔들리는지 이유를 알지 못했다. 그러나 그녀를 다시 만나기 위해서라면 못할 일이 없을 것 같았다.

설화와 헤어진 호림은 백제와 고구려에서 당나라로 끌려

온 죄 없는 유민들에 대해 처음으로 생각했다. 고향과 생이별을 하고 이국땅 당나라까지 와서 서러운 삶을 이어가는 유민들을 만나 따뜻한 밥이라도 한 끼 하고 싶었다. 장안에서의 하룻밤은 그렇게 저물었다.

호림에게 장안은 낯익은 곳이었다. 당나라 유학 시절 이곳에서 연모의 마음으로 만나던 낭자도 있었고 여러 친한 벗들도 있었다. 그렇지만 나당전쟁 이후 그들과는 원수가 되었고 다시 이곳에 오게 될 줄은 꿈에도 생각지 못했다.

왕후의 병을 다스릴 약을 구하려고 당나라에서도 유명하다는 약방부터 찾았다. 한시라도 빨리 약을 구해야 했기에 호림의 마음은 조급했다. 백방으로 수소문하고 찾아 헤맨 끝에 겨우 장안에서 유명하다는 약방에 도착할 수 있었다.

유명세 때문인지 약방 앞은 사람들로 부산했다. 여러 명이 수군거리며 약방을 기웃거리기도 했다. 호림은 사람들을 제치고 몸으로 밀어가면서 힘들게 약방 안으로 들어갔다. 그제야 사람들이 왜 약방 앞에 장사진을 치고 있었는지 알게 되었다.

한눈에 보기에도 희한하게 생긴 세 남자가 약방 안에 자리를 잡고 떡하니 앉아 있었다. 호림은 약방 주인이 어디 있는지를 먼저 물었다. 머리에 금고아를 쓴 날렵한 얼굴선을 가진 남자가 머리를 쓸어 올리면서 말했다.

"자네가 신라에서 왕후의 약을 구하러 온 파진찬 호림인가?"

호림은 자신의 이름과 이곳에 온 목적까지 알고 있는 이 낯선 남자에게 순간 강한 경계심을 느꼈다.

"맞소이다. 내가 호림이오. 한데 댁은 누구신데 내 이름까지 알고 있는 게요?"

못마땅한 얼굴을 한 호림의 대꾸에 낯선 남자는 빙그레 웃었다. 웃음을 멈춘 낯선 남자가 호림을 옆눈으로 바라보더니 가소롭다는 듯이 말했다.

"나는 삼장 법사를 모시고 서역 땅을 다녀온 손오공이외다. 당나라 사람이라면 나를 모를 리는 없지. 암, 그렇고말고!"

당나라에 유학왔을 때 그 이름을 들은 기억이 있었던 호림은 처음 만난 손오공의 모습에 자신도 모르게 매료됐다. 당당하게 여의봉을 들고 서 있는 손오공은 눈빛이 강렬하고 뜨거웠다. 호림은 고개를 숙여서 손오공에게 예를 갖추어 인사했다.

"대사님의 존함은 익히 들어 알고 있었습니다. 그런데 어찌하여 이런 약방에 계시는지요? 옆에 계신 대사님들은 누구신지요?"

손오공은 경쾌하게 말했다.

"자, 자. 인사 올리시게. 이쪽은 팔계, 저팔계고, 이쪽은 오정이, 사오정 대사이시네."

호림은 두 대사에게도 인사를 극진히 올렸다. 인사를 마치자 손오공이 호림의 어깨에 손을 얹고 나지막하게 말했다.

"멀리까지 달려온 자네에겐 미안한 말이네만, 신라 왕후의 병을 고칠 약은 이곳 당나라에는 없다네. 용궁의 용왕께서 약을 가지고 있다 하시고, 무엇보다 원효 대사께 전할 것도 있다 하시니 자네는 나와 함께 용궁엘 좀 다녀와야겠네."

호림은 손오공의 말을 믿을 수가 없었다. 아무리 오랫동안 삼장 법사를 모시고 수행해온 손오공이라지만 이 세상에 용궁이 있다니. 사람을 놀리는가 싶기도 했다. 호림은 혹시나 하는 호기심에 되물었다.

"대사님, 그게 무슨 말씀이십니까? 용궁이라니요? 설마 그런 곳이 진짜로 있겠습니까?"

손오공이 호탕하게 웃었다. 이내 약방 서랍을 이리저리 열어보던 저팔계와 약 냄새를 킁킁거리던 사오정까지 합세해 손바닥을 치고 웃으며 야단법석을 떨었다. 급기야 저팔계는 너무 웃어서 배가 아프다며 나뒹구는 지경에 이르렀다.

겨우 진정된 손오공이 호림의 어깨를 두드리며 말했다.

"자네는 자네에게 보이는 세상이 전부라고 믿는 건가? 이 세상엔 보이지 않는 세계가 있고 오히려 보이지 않는 세계가 진짜 세상이라네. 자네가 진짜라고 믿는 이 세상이 사실은 환상이고 꿈이란 말일세."

저팔계는 장난스럽게 호림을 보며 한마디를 거들었다.

"우리 오공 형님만 믿으면 될 것이네. 자네는 아주 운이 좋은 사람이구만."

사오정도 고개를 끄덕이며 거들었다. 손오공은 두 아우에게 말썽부리지 말고 절에 돌아가 있으라고 당부하며 인사를 건넸다. 저팔계와 사오정은 용궁을 향해 길을 떠나는 손오공에게 잘 다녀오라고 손을 흔들었다. 손오공은 뒤도 돌아보지 않고 호

림을 데리고 약방을 나왔다. 장안의 사람들은 손오공을 구경하
느라 정신이 없었다.

용마를 타고 용궁으로

손오공은 아무도 없는 바닷가로 호림을 데리고 가더니 엄지와 검지 손가락을 입술에 대고 가볍게 휘파람을 불었다. 피릭~ 하는 휘파람 소리가 떨어지자 어디선가 용맹스럽고 늠름해 보이는 바다 빛 푸른 용마가 달려왔다.

용마는 용솟음치듯 두 다리를 들어 올리며 위용을 드러냈다. 구름 한 점 없이 파랗던 하늘이 갑자기 어두워지면서 태양마저 물기를 머금은 듯했다. 검은 구름이 태양빛을 가리고 세찬 파도가 휘몰아쳤다. 용마는 마치 바다에 고하기라도 하듯 거친 울음을 토해냈다.

호림은 두려움을 느꼈다. 용마를 보자 지금까지 저지른 죄업들이 하나하나 스쳐 지나갔다. 살생의 죄업, 음욕의 죄업, 질투로 친구를 모함했던 죄업, 남을 죽이고 내가 살기 위해 거짓과 위선으로 모략을 일삼았던 죄업들이 눈앞의 일처럼 생생한 모습으로 떠올랐다.

자신을 늘 맑고 깨끗한 사람이라 자부해 왔지만, 이 순간만큼은 자신도 잊고 있었던 본모습이 선명하게 드러났다. 호림은 몸을 떨었다. 내면 깊숙한 곳에 덕지덕지 붙어 있던 더러운 오물들이 튀어나와서 거대한 바다의 입속으로 삼켜지기를 기도했다. 찰나의 순간이지만 용서를 빌고 있었다.

사나운 파도가 잠시 잦아드는 순간 손오공은 호림을 자신의 용마에 태웠다. 용마는 용의 기운을 가진 신비로운 준마였으며 물의 기운을 받고 태어났기에 지상에서도 물속에서도 바람처럼 비상하며 거침없이 달려나갔다. 호림은 손오공과 함께 용마를 타고 순식간에 바닷속으로 들어갔다.

바닷속의 아름다운 광경에 한참 동안 넋을 잃고 있던 호림 앞에 어마어마한 용궁이 모습을 드러냈다. 용궁의 입구에는 문어의 얼굴을 한 수문장들이 즐비하게 서 있었다. 대장 격인 수문장이 손오공을 향해 반갑게 인사했다.

"손오공 대사님, 참으로 오랜만입니다. 오늘은 동서남북 사대 용왕님들께서 모두 모이시는 날입니다. 네 분의 용왕님들께서 대사님을 기다리고 계십니다."

손오공과 호림은 마중 나온 용녀들의 안내를 받아 용궁 안의 해룡궁으로 따라 들어갔다. 해룡궁 옆에는 수정궁이 빛나고 있었고 영빈궁 등 많은 궁전이 구름처럼 모여 있었다.

손오공과 호림이 용마에서 내린 해룡궁은 황금궁전이었다. 황금궁전의 입구는 붉은 루비로 장식되었고 푸른 사파이어가 바다 빛과 어울렸다. 수정궁 안의 천장은 별자리를 옮겨놓은 듯 밤하늘처럼 빛났고 궁전의 모든 곳이 맑은 향기로 가득했다. 지상에서 한 번도 느껴보지 못한 신비로운 향기가 호림의 몸과 마음을 편안하게 안심시켰다. 죽음과 삶은 깊은 바닷속 용궁의 세계에서는 의미가 없었다.

용궁에는 아름다운 용신들이 허공을 떠다니듯 걸어 다녔다. 산호색 옷을 입고 머리에는 화관을 두른 용녀가 다가오고 있었다. 호림은 순간 숨을 죽였다. 세상의 아름다움이 아니었다. 용녀는 손오공과 호림에게 나즈막하게 말했다.

"어서 오십시오. 네 분의 용왕님들께서 이곳에 모이셨습니다. 동해의 청룡 용왕님, 남해의 적룡 용왕님, 서해의 백룡 용왕님, 북해의 흑룡 용왕님께서 기다리고 계십니다. 북해의 용왕님께서는 백 년에 한 번만 이곳에 오시는데 오늘이 그날입니다. 저를 따라오시지요."

손오공은 용녀의 말이 끝나자마자 반갑게 안부를 물었다.

"자네는 잘 지냈는가? 용궁에 와서 늘 말썽을 피웠는데도 나를 이리 반겨주니, 고마우이!"

용녀는 아무 말도 하지 않고 길을 안내했다. 손오공은 오랜만에 찾아온 용궁을 둘러보면서 호림을 데리고 용녀를 따라갔다.

넓은 궁전 밖에서는 크고 진한 산호와 조개 속에 있던 아름다운 용녀들이 춤추듯 미끄러져 다니고 있었고, 용녀들이 움직일 때마다 신비한 음악 소리가 들려왔다. 바다의 음악은 호림의 가슴을 파고들며 잔잔하게 마음을 비치었다. 소리를 본다는 것이 이런 것이구나 생각하면서 고요한 걸음의 용녀를 한참 따라가다 보니 어딘가에 다다랐다. 용녀가 걸음을 멈추었다.

커다란 황금문이 열리고 들어간 곳에는 네 명의 용왕들이 앉아 있었다. 머리 위에는 오색 보석으로 장식한 금관을 쓰고 흰 머리카락이 어깨 아래까지 내려와 있었는데 똑바로 바라볼 수 없을 정도로 모든 것들이 온통 눈부시게 빛났다. 용왕들 뒤로는 호위하는 무사들이 창을 들고 서 있었다. 갑자기 웅장한 음성이 들려왔다.

"나는 우리 중 첫째로 동해를 관장하는 청룡 용왕이네. 우리 모두 자네들을 기다리고 있었네."

그러자 손오공은 정신없이 손을 비비며 다가갔다.

"청룡 용왕님, 적룡 용왕님, 백룡 용왕님, 흑룡 용왕님, 손오공 오랜만에 인사드립니다요. 제가 말썽을 일으킨 죄를 깊이 참회하고 있으니 지난 일은 다 잊어주시기 바랍니다. 용궁에 와서 앞으로는 절대로 말썽을 일으키지 않겠습니다. 용왕께서 주신 귀한 여의봉은 제가 중생을 위해서 잘 쓰고 있으니 안심하시고요. 하하하."

동해 용왕은 긴 수염을 손으로 쓸어내리며 미소를 짓고 말했다.

"자네에게 준 여의봉은 여의주 다음가는 우리 용궁 최고의 보물이네. 그러니 손오공 자네에게 우리 용궁의 힘을 준 것이나 다름없는 것이지. 여의봉을 휘두를 때마다 그 힘을 하늘과 땅 그리고 바다의 이치에 맞게 써야 할 것이네. 늘 말썽만 부릴 줄 알았는데, 그동안 자네가 한 일과 일념으로 법을 구한 마음은 우리도 잘 알고 있다네."

오랜만에 들어보는 칭찬에 손오공은 기분이 좋아졌다. 흑룡 용왕이 호림을 바라보며 무거운 입을 열었다. 얼굴에는 어두운 심해의 기운이 어려 있었다.

"비와 구름을 관장하는 우리는 비와 구름의 신이기도 하지. 인간의 몸으로는 올 수 없는 이곳까지 호림 자네가 오게 된 이유는 원효 대사를 위함이라네. 중생을 구제하려고 자신의 모든 것을 버렸기에 우리 사대 용왕들도 원효 대사를 도우려는 것이지."

옆에 있던 백룡 용왕이 말을 이었다.

"자네 나라 왕후의 병은 원효 대사만이 고칠 수 있다네. 원효 대사께 우리 용왕들이 건네드려야 하는 경이 있는데, 이 경은 왕후뿐만 아니라 만중생을 살릴 경이니 자네는 그 점을 명심해야 할 것이야."

호림은 용왕들의 위엄에 압도되어 고개를 들 수도 쳐다볼 수도 없었다. 몸이 계속 떨려왔으나, 마음을 가다듬고 나지막이 대답했다.

"인간으로 아무것도 모르고 살아오다가 이렇게 네 분의 용왕님들을 친견하게 되오니 기쁘고 황송한 마음이 이를 데 없습니다. 소인은 한 치의 어긋남 없이 이르시는 대로 따르겠사옵니다."

적룡 용왕이 미소를 지으며 말했다.

"오공 대사가 이리 같이 오셨으니 자네는 참 복이 많은 사람이네."

동해의 청룡 용왕이 용궁의 대신을 들어오라 일렀다. 잠시 후 들어온 용궁의 대신은 용왕 앞에 허리를 숙이고 명을 기다렸다. 청룡 용왕은 강건한 음성으로 말했다.

"지금 당장 불경을 모시는 법궁으로 가서《금강삼매경》을 가져오도록 하라."

용궁의 대신은 용왕의 명이 떨어지자마자 서둘러 법궁으로 향했다. 법궁은 용궁 안에서도 가장 높은 곳에 자리하고 있었고 법궁의 빛이 전체 용궁을 환희롭게 비추었다.

대신은 법궁 안에 들어가서 마음을 맑히고 향을 피웠다. 법궁 안의 경전들은 금빛 비단에 싸여서 경전 하나하나가 소중하게 모셔져 있었다. 경전으로부터 나오는 상서로운 빛으로 법궁은 찬연히 빛났고, 법궁의 빛은 전체 용궁을 에워싸며 아름답게 흐르고 있었다.

용궁의 대신은 그중 가장 앞에 모셔진《금강삼매경》을 두 손으로 공손히 모시고 머리 위로 올린 후 뒷걸음으로 조심조심 법궁을 나와 용왕에게 전했다. 용왕은 경건하게 경전을 받은 뒤 호림을 향해 미소를 지으며 말했다.

"신라의 파진찬 호림은 듣거라. 내가 그대를 통해 용궁에서 보전하고 있던 경을 원효 대사에게 전하는 것이다. 이 경전의 이름은《금강삼매경》이다. 신라의 대안 대사에게《금강삼매경》을 순서대로 정리하게 한 후, 그것을 원효 대사에게 전달하면 원효 대사는 강론을 하고 글로 써서 널리 약사보살의 힘을 퍼트리실 것이다. 그리하면 많은 중생의 병이 완치될 것이며, 왕후의 병도 씻은 듯 말끔히 나을 것이다. 너는 내 말을 명심하거라!

이 《금강삼매경》은 반드시 원효 대사에게 전해야 할 것이다. 알겠느냐?"

동해 용왕의 음성은 바닷속의 모든 존재에게 울려 퍼졌다. 바닷속 용신과 용녀들 그리고 너울거리는 파도까지 모두 그 말을 알아듣고 기뻐했다. 중생의 고통을 덜어주고자 하는 원효의 발원은 어느덧 바다 깊은 곳까지도 커다란 울림을 주었고 그것이 다시 메아리가 되어 돌아왔다.

호림은 용왕의 신성한 명령에 무릎을 꿇고 머리 위로 경전을 받아 올렸다. 경전을 받아든 호림의 두 눈에서는 뜨거운 눈물이 흘러내렸다. 사실 처음엔 이 자리에 있는 자기 자신이 믿어지지 않았다. 지금은 이상한 꿈을 꾸고 있는 것이니 어서 꿈에서 깨어나야 한다고 생각했다. 호림은 그동안 용궁은 존재하지 않는 상상 속의 공간이거나 세상 사람들이 말하는 미신이라고만 생각했었다. 그런데 놀랍게도 신라 땅에서 살았던 삶보다 더 생생한 현실로 느끼고 만나고 있었다.

비로소 호림은 자신이 살아온 삶이 눈뜬장님이었음을 알게 되었다. 그의 눈물은 참회의 눈물이었고, 기도의 눈물이었으며, 믿음의 눈물이었다. 호림은 더욱 단단해진 음성으로 용왕에게 힘주어 답했다.

"용왕님의 뜻에 한 치의 어긋남도 없이 이행하도록 하겠습니다. 이 경전을 반드시 원효 대사께 전해 올리겠습니다. 신라의 파진찬 호림, 목숨을 바쳐 사대 용왕님들의 명을 받들겠습니다."

용왕은 호림의 눈물을 보며 손오공에게 말했다.

"손오공 대사는 파진찬 호림을 어서 있던 곳으로 데려다주시오. 대사 덕분에 드디어 소중한 경전이 본래의 주인을 찾아가게 되었습니다."

호림은 다시 정신이 드는 듯 네 분의 용왕에게 절을 하며 말했다.

"동해 용왕님, 서해 용왕님, 남해 용왕님, 북해 용왕님 감사합니다. 참으로 고맙습니다. 고맙습니다."

사대 용왕들은 호림을 말없이 바라봤다. 흑룡 용왕의 검은 황포 자락이 잠시 일렁이더니 침묵했다. 흑룡 용왕은 죽음의 바다를 지배하고 있었다. 거칠고 황망한 죽음의 바다를 건너온 흑룡 용왕의 검은 눈썹은 거대한 회오리바람을 일으킬듯한 거센 기운이 느껴졌다. 흑룡 용왕은 호림에게 말했다.

"그대가 원효 대사를 만나서 경전을 잘 전할 수 있도록 내가 늘 곁에서 보살필 것이니 아무 걱정하지 말아라. 오직 굳건히 나아가거라."

호림은 다시 한번 엎드려 절하고 사대 용왕께 눈물로 목숨을 걸겠노라고 맹세했다. 호림을 바라보는 손오공도 갑자기 콧등이 시려왔다. 쑥스러워진 손오공은 손을 비벼대며 사대 용왕들께 일일이 살갑게 작별을 고하고 호림을 용마에 태웠다. 용궁의 용신과 용녀들이 그들에게 손을 흔들며 인사했다. 사대 용왕들의 호탕한 웃음소리와 함께 용마는 용궁을 출발했다. 잔잔한 빛의 너울거림 속에서 눈부신 용마의 모습은 더욱 찬란했다.

호림은 용왕들로부터 받은 경전을 가슴에 꼭 끌어안고서 손오공의 허리를 붙잡았다. 당나라 장안으로 돌아온 손오공과 호림은 기다리고 있던 저팔계와 사오정을 만났다. 그들은 서로 깊은 호흡으로 뜨거운 인사를 나누었다. 손오공은 원효 대사를 만나거든 자신의 안부도 전해달라며 아쉬워했다.

호림은 손오공에게 달려가 그를 꼭 끌어안았다. 만날 때는 몰랐던 이별의 서운함이 몰려왔다. 손오공은 당황한 듯 웃으며 호림의 손을 꼭 잡고 말했다.

"이 용마를 타고 신라로 넘어가게나. 가는 길이 안전해야 하네. 흑룡 용왕이 경전과 자네를 보호해 줄 것이니 용왕님의 당부를 잊지 말고 자네에게 주어진 소임을 반드시 해내시게."

호림은 혼자 용마 위에 올라탔다. 손오공은 팔짱을 끼고 호림에게 미소를 지었고 저팔계와 사오정은 손을 흔들어 주었다.

맑게 갠 하늘이었다. 마치 푸른색 옷감을 펼쳐놓은 듯 구름 한 점 없었고 바람마저 상쾌했다. 용마를 탄 호림은 신라를 향해 바람처럼 달렸다. 용마의 울음소리가 하늘과 바다와 땅을 울렸다.

비열한 음모

신라에 돌아온 호림은 문무왕을 알현하기 위해 급히 궁궐로 향했다. 자의 왕후가 사경을 헤매는 와중에 호림이 돌아왔다는 소식은 문무왕에게는 너무나 큰 기쁨이었다. 문무왕은 자의 왕후의 침전에서 호림을 맞이했다. 자의 왕후의 병세를 살피던 문무왕은 심란하게 서성거리다 의자에 앉기를 반복했다.

호림이 문무왕에게 인사를 올렸다. 그간의 이야기를 들은 문무왕의 표정은 경이로움과 환희로움으로 넘쳐흘렀다. 이때부터 문무왕은 자신도 생을 마치면 바다의 용이 되어 신라를 지킬 것이라고 발원했다. 문무왕이 호림에게 서둘러 말했다.

"어서 대안 스님께 용궁에서 구해온《금강삼매경》을 보내 순서를 맞추시도록 말씀 올리게나. 원효 대사는 내게 매제이기도 하니 내가 간절한 마음으로 드리는 부탁이라고 반드시 이르고. 알겠나? 또한 원효 대사께서 경을 설하시는 자리도 만들어야 하니 자네가 바쁘게 움직여야 할 것이야. 그 밖에 나머지들도 준비할 게 많으니 어서 서둘러 주시게."

문무왕은 잠시 잊었던 일이 생각난 듯 깊은숨을 내쉬며 말했다.

"파진찬, 자네가 이리도 일을 잘 처리하고 신속하게 돌아와 주어서 내 얼마나 고마운지 모르겠네. 하지만 지금 왕후의 목숨이 알 수 없는 지경에 처해 있다네. 내 자네에게도 부탁하는 바이니 더욱 서둘러 주시길 바라네."

전쟁터를 누비는 용맹한 장수이기도 한 문무왕이었으나, 사랑하는 아내가 삶과 죽음의 문턱을 넘나들자 나약한 인간의 모습으로 돌아왔다. 문무왕의 목소리에는 간절함이 담겨 있었다. 그런 문무왕의 마음이 호림에게 강하게 와닿았다.

호림이 문무왕에게 차분하게 아뢰었다.

"아뢰옵기 황공한 일이오나 황룡사의 스님들은 원효 대사가 황룡사에서 경을 설하지 못하도록 결사적으로 막을 것이옵니다. 파계를 해서 승려의 신분도 아니고 파계승이 경을 설한다는 것은 있을 수 없다며, 황룡사의 권위를 내세울 것이 자명한 일입니다. 이에 대한 대비가 있어야 할 것이옵니다."

문무왕은 주먹을 단단히 쥐고 노기 어린 음성으로 말했다.

"지난번 백고좌법회 때도 원효 대사는 추천을 받았으나 승단의 반대로 참여하지 못했소. 원효 대사께서 참여하려는 의지가 없었기에 더는 말을 하지 않았으나, 황룡사의 권승들이 두려워하는 것이 무엇인지는 뻔한 일이 아니겠소. 그들은 원효 대사의 진심과 중생을 사랑하는 마음이 두려운 것이오. 더는 원효 대사를 막을 수 없다 이르시오. 이것은 왕명이오."

호림은 문무왕에게 허리를 굽히며 말했다.

"폐하, 분부대로 따르겠나이다."

문무왕은 다시 호림을 향해 말했다.

"황룡사 조실이신 자장 율사께서 나서서 원효 대사를 모시게 하고, 황룡사도 더 이상 왕실의 권위를 거스르지 말라 이르시오. 더는 내가 참지 않겠다는 것을 파진찬 그대가 직접 주지에게도 전하시오."

호림은 문무왕의 명령에 최선을 다해 수행할 것을 맹세했다. 문무왕은 그래도 걱정이 되는지 다시 호림을 불러세워 말했다.

"그리고 파진찬! 좀 더 서둘러 주시오. 왕후의 목숨이 매우 위태롭소."

호림은 문무왕의 그늘진 얼굴을 뒤로하고 물러 나왔다. 궁을 나오는데 어디선가 기다리고 있던 무인 하나가 다가왔다. 자신을 상대등 흠돌의 무사라고 소개한 그는 흠돌이 전하라는 서신을 건네고는 사라졌다. 서신을 펴보니 술상을 마련할 테니 급히 와달라는 전갈이었다. 착잡한 심정이었으나 호림은 자신보다 높은 서열인 상대등의 말을 무시할 수 없었기에 흠돌의 집으로 말머리를 돌렸다.

호림이 흠돌의 집으로 향하고 있을 즈음, 흠돌은 누군가와 이야기를 나누고 있었다. 흠돌의 얼굴엔 초조한 기색이 역력했다. 흠돌이 마주한 이는 다름 아닌 왕실의 어의였다. 어의는 흠돌의 기세에 눌려 마치 덫에 걸린 쥐처럼 간신히 대답하고 있었다.

"분부대로 왕후 마마의 약재에 아주 조금씩 독약을 타서 드시게 하고 있나이다. 목숨이 날아갈 일에 끼어들었으니 저의 안위뿐 아니라 재물까지 넉넉하게 보장해 주셔야 합니다."

흠돌은 어의의 말이 끝나자마자 흐뭇하게 웃으며 말했다.

"이를 뿐인가! 이 나라가 누구의 것인지 아는가? 조금만 기다려 보시게. 자네는 아주 굵고 튼튼한 동아줄을 잡은 것이야. 그것도 절대 끊어지지 않는 명주로 된 단단한 동아줄을 잡았단 말일세. 내가 하라는 것만 잘 해내면 될 것이야! 한데, 이보시게 어의. 언제쯤 왕후의 숨통이 끊어지겠는가?"

어의는 음흉한 웃음으로 대답했다.

"왕후 마마의 명줄은 길어야 석 달입지요. 누구의 명인데 제가 소홀히 하겠습니까? 아무도 모르게 조금씩 독약을 먹이고 있으니 염려 놓으시고 초상 치르는 날만 기다리시면 되옵니다. 왕후의 초상을 치르는 날이 상대등 어른께서 잔칫상을 받는 날이 될 것이옵니다."

흠돌은 집 안이 울리도록 껄껄 웃었다. 우는 것인지 웃는 것이지 도무지 모를 이상한 웃음소리가 잦아들 즈음, 호위무사가 어의를 밖으로 내보냈다. 호사스럽기 이를 데 없는 커다란 방안에 다시금 웃음소리가 울려퍼졌다. 괴기한 울음이 섞인 웃음이었다. 흠돌의 눈빛이 저주를 담은 광기로 붉어졌다.

자의 왕후, 그대가 나의 것이 될 수 없다면
차라리 그대를 죽여 나의 것으로 만들어야겠소.
법민이 왕이 되어 내 자리를 차지하고 있지만

189

진정한 진골인 내가 천하를 가져야겠소.

나는 비담이 아니니 내가 이기고 법민이 지는 싸움이오.

나를 원망하지 마시오.

나의 사랑을 저버린 그대를 원망하고 죽어가시오.

흠돌이 자의 왕후 생각에 깊이 빠져있을 때 파진찬 호림이 찾아왔다. 두 사람은 술상을 마주하고 앉았다. 흠돌은 문무왕과 호림 사이에 나눈 내밀한 이야기며 당나라에서 있었던 일들을 캐물으려 하였고, 호림은 기민하게 이리저리 다른 대화를 섞어가며 핵심을 피해갔다.

참다못한 흠돌이 급한 성격을 이기지 못하고 호림에게 말했다.

"파진찬, 자네도 잘 알겠네만 천하의 못된 중놈이 바로 원효라는 땡중일세. 그자가 살아있는 것만으로도 내 심기가 이리 불편하네. 더구나 임금께서 그같이 천한 자를 친구라고 칭한다는 것을 여러 번 들었네. 그놈이 거리에 나타나면 백성들이 구름처럼 몰려들어 그놈과 함께 노래를 부르고 함께 염불을 한다고 하던데, 이게 가당키나 한 일인가? 요사스러운 파계승이 백성들의 마음을 움직이고 있으니 자네도 원효라는 땡중을 어찌 다루어야 할지 깊이 생각해봐야 할 것이야."

말은 이렇게 했어도 흠돌의 마음은 원효에 대한 살의로 가득 차 있었다. 돈으로 매수한 내관이 이미 경전이 원효에게 전해질 것이라고 알려주었기에 흠돌은 원효에게서 이 경전을 빼

앗을 속셈이었다. 흠돌은 언젠가부터 원효가 가진 신묘한 힘이 자신을 맥없이 주저앉힐지 모른다는 예감이 들었다. 문득문득 두려움이 엄습해올 때마다 눈을 부릅뜨고 이를 악물었다. 자신이 살아남기 위해 제거해야 할 가장 큰 적이 바로 원효였다.

호림은 흠돌의 말에 별다른 대꾸도 없이 술잔을 기울이다가 흠돌의 집을 나섰다. 흠돌의 계략과 사악함을 너무나 잘 알고 있기에 호림은 그를 늘 경계하고 말을 섞는 일을 꺼렸다. 분명히 무슨 흉계가 있음이 분명했다.

집으로 돌아온 호림은 원효가 내금강산 정양사에 있다가 경주로 돌아오고 있다는 소식을 들었다. 원효는 문무왕이 임금의 자리에 오른 해, 금강산에 가서 정양사를 세우고 무착암을 창건했다.

내금강산의 꼭대기에 자리한 정양사는 세상의 아름다움을 다 품고 있는 사찰이었다. 신라 땅에서 이곳저곳 원효의 발길이 닿지 않은 곳은 없었다. 바람의 아들로 태어난 원효는 세상의 휘어진 곳과 굽어진 곳 등 구석구석을 두 발로 디디며 떠돌아다녔다.

세상에서 버림받은 사람들과 길거리에 떠도는 아이들을 거두고 닦아주며, 만나는 모든 중생에게 아미타불의 마음을 불어넣었다. 원효가 가는 곳에는 중생들이 모여들었고 바람도 숨을 죽이며 원효의 이야기에 귀를 기울였다.

원효가 금강산에서 경주로 돌아왔다. 이 소식을 들은 호림은 사람들의 눈을 피해 새벽이슬을 맞으며 원효가 도착했다는 분황사로 말을 몰았다. 사대 용왕들과 신라 문무왕의 명을 받들어 경전을 전해야 했다.

집을 나선 호림이 얼마를 갔을까. 서라벌의 대로 한복판이었음에도 십여 명의 자객들이 순식간에 에워쌌다. 움직임만으로도 검술의 최고수로 보이는 그들은 자유자재로 쓰는 칼과 기민한 동작으로 호림을 제압했다.

실전 무예를 익힌 화랑으로서 극한의 수련 과정을 거친 호림이었다. 전투에서뿐만 아니라 시정잡배들과의 다툼 정도는 간단하게 물리칠 수 있었지만 계획적으로 달려드는 칼 잘 쓰는 자객 십여 명을 당해낼 재간은 없었다. 복면을 쓴 자객이 호림의 목에 칼을 들이대고 말했다.

"순순히 손에 든 경을 내놓아라. 그렇지 않으면 경도 빼앗기고 너의 그 알량한 목숨도 끝날 것이니라."

호림은 목숨을 버릴 각오로 자객들에게 호통을 쳤다.

"너희들은 임금님의 명령을 어기고 반역을 하려는 게냐? 이 경전은 너희들이 함부로 할 수 있는 것이 아니다. 나를 죽일 수는 있어도 귀한 이 경전은 절대로 너희들 손에 들어가지 않을 것이다."

칼을 겨누고 있던 자객이 말했다.

"죽고 싶다면 죽여주겠다."

자객의 칼이 호림의 목을 향해 바람을 가르는 순간, 어디선가 갑자기 칠흑 같은 검은 옷을 입고 시퍼런 검을 휘두르는 남자가 나타났다. 호림을 겨누던 칼이 순식간에 두 동강 나버렸다. 단 일격에 급소를 가격당한 나머지 자객들도 비명을 지르며 쓰러졌다. 죽지 않고 살아있는 것 같았으나, 쓰러진 자객들은 자신들을 방어하기 위해 일어서지 못하고 땅바닥에 널브러진 채 신음만 내뱉고 있었다.

칠흑 같은 옷 때문인지 이 남자의 흰 얼굴은 더욱 하얗게 빛났다. 검은 머리와 검은 눈썹은 검은 바다를 닮아 있었고, 섬세하고 날카로운 음성은 어두운 밤공기를 갈라버리는 듯했다.

"너희들은 들어라. 나는 흑해 용왕님의 명을 받들어 경전을 수호하는 흑륜걸이니라. 너희를 보낸 흠돌에게 가서 이르거라. 한 번만 더 경전을 탐하는 날에는 내 직접 흠돌의 목을 벨 것이다. 어리석은 것들! 내가 직접 흠돌을 만나러 갈 것이니라. 알겠느냐?"

흑륜걸은 호림에게 다가가 다친 곳은 없는지를 확인하고 홀연히 사라졌다.

여러 여인과 술판을 벌이고 있던 흠돌에게 칼을 든 흑륜걸이 나타났다. 술자리의 여인들은 혼비백산하여 비명을 지르며 밖으로 뛰쳐나갔고, 흠돌의 호위무사들이 대청마루로 후다닥 뛰어 올라왔다. 칼을 들고 흠돌을 구하러 온 무사들은 서로 신호를 주고받으며 방안으로 들어가려 했다. 그런데 여러 명이 힘을 합해도 방문은 열리지 않았다.

방안에는 흠돌과 흑륜걸 단둘이었다. 바람 소리를 내며 흑륜걸의 검이 흠돌의 얼굴을 스치고 지나갔다. 흠돌은 비명을 지르며 주저앉았다.

흑륜걸의 칼날이 스치자 흠돌의 얼굴은 꿈틀거리기 시작했다. 꿈틀거리던 자리에서는 검은 혹들이 튀어나왔다. 튀어나온 혹들은 저마다 아수라의 얼굴을 하고 울부짖었다. 수려한 외모를 자랑하던 흠돌의 얼굴은 끔찍한 몰골로 변해가고 있었다. 차갑게 흠돌을 노려보던 흑륜걸은 칼집에 칼을 집어넣고는 홀연히 사라졌다.

흑륜걸이 사라지자 자연스럽게 방문이 열리고 수하들이 쏟아져 들어왔다. 그러나 대항할 적이 사라진 뒤였다. 흠돌은 금으로 장식된 거울을 꺼내 자신의 얼굴을 들여다보았다. 아름다웠던 얼굴은 어디 갔는지 마귀의 얼굴을 비추고 있었고, 핏빛으로 충혈된 눈은 눈동자를 구분하기 어려웠다. 변해버린 얼굴에 놀란 흠돌은 비명을 지르며 쓰러졌다.

위기에서 벗어난 호림은 경전을 소중하게 안고 말을 달렸다. 분황사에 도착할 무렵에는 새벽 도량석의 목탁 소리가 천지를 깨우고 있었다.

원효는 호림을 반갑게 맞았다. 화랑이었을 적 원효가 무예를 연마할 때면 호림은 늘 원효의 주변을 맴돌며 경이로운 눈으로 바라보곤 했었다. 호림은 가재도구 하나 없는 텅 빈 방안에서 원효에게 인사를 올렸다.

"대사님, 오랜만에 뵙사옵니다. 사대 용왕께서 보내신 경전을 이미 대안 대사께서 정리하셨고, 그것을 다시 대사님께 전해드리려고 왔습니다. 그간의 사연을 말씀드리자니 너무 긴 듯하옵니다."

원효와 호림 사이에 새벽의 맑고 서늘한 기운이 일렁였다.

"긴 얘기 안 해도 이미 그간의 사정을 다 알고 있다네. 나에게 이 경을 가져다주느라 자네가 참으로 고생이 많았네. 나무아미타불 관세음보살."

원효의 눈은 해주 송골매처럼 날카로웠다가 한 송이 구절초처럼 순수해 보이기도 했다. 원효의 눈에는 많은 이야기가 담겨 있었다. 호림은 그것을 중생의 고통을 온전히 지고 가려는 의지라고 생각했다. 호림이 원효의 청명하고 따사로운 눈을 바라보며 말했다.

"대사님, 사람의 눈을 피해 오느라 새벽이슬을 밟았습니다. 이 경전을 반드시 대사님께 드리라는 용왕님의 명이 있으셨습니다. 그런데 흠돌의 계략으로 경전이 위험합니다. 대사님께 오는 길에도 혹해 용왕님이 보내신 무인이 아니었다면 큰 곤란을 겪었을 겁니다."

원효는 경전을 소중하게 받아들었다. 왕후뿐만 아니라 만 중생을 살리는 경전이 용궁에 보관되어 있다가 시절 인연을 만나 이제 원효에게로 온 것이었다. 원효는 붓과 종이를 준비하더니 글을 적기 시작했다. 다 적은 글을 호림에게 주며 말했다.

"자네는 다시 당나라로 떠나려는 게지? 당나라에 도착하면 백제 여인이 있는 재상집 저택으로 가게. 그리고 그 집에서 첫 번째로 만나는 사람에게 이 서신을 주도록 하게나. 그리하면 자네의 소망대로 그 여인은 자유인이 될 것이네. 반드시 그 집 대문을 열었을 때 처음 만난 사람이어야 하네."

호림은 아무에게도 발설하지 않은 심중의 결심을 원효가 알고 있다는 사실이 너무나 놀라웠다. 원효 대사는 태어날 때부터 이미 깨우치고 오셨다고 하더니. 호림은 자신의 속마음을 알아주는 원효가 너무나 고마웠다.

원효는 그랬다. 말하지 않아도 상대의 마음을 넉넉히 알아주고 넉넉히 챙겨주었다. 호림은 원효가 자신의 뜨거운 핏줄이며 자신의 몸 안을 드나드는 바람 같다고 여겼다. 호림은 마음속 깊은 곳에서 올라오는 뜨거운 것을 애써 삼키며 원효에게 말했다.

"대사님께서 이미 저의 마음을 알고 계시니 어찌 고하지 않겠습니까? 저는 단 한 번 만난 백제 여인을 깊이 사모하고 있습니다. 지금까지 여인에게 관심도 없었고 혼기가 훨씬 넘었어도 혼인을 거부해온 저였습니다. 한 번의 만남과 이별이었지만 그 백제 여인을 다시 만나 그녀를 묶고 있는 족쇄를 풀어주고 그녀와 함께하고자 합니다."

원효는 호림을 바라보며 말했다.

"폐하께 고하시고 자네가 하고 싶은 대로 떠나시게. 이미 자네는 자네가 할 일을 완수한 사람인데 무엇이 문제겠는가? 이 사람아, 내가 더 고마우이. 지체하지 마시고 자네를 기다리는 백제 여인에게로 가시게. 대신 백제 여인을 다시 만나더라도 지상에서나 천상에서나 지극한 즐거움이 있는 이곳이 바로 극락정토임을 기억하게나."

원효의 말에 호림은 가슴이 트이고 막혔던 핏줄기가 다시 흐르는 것을 느꼈다. 호림은 원효에게 삼배를 올렸다. 경전이 무사히 원효에게 전해졌음을 바다를 향해 고하고 사대 용왕들께도 삼배를 올렸다. 다시 바다로 돌아간 용마에게도 감사를 표했다. 태양이 유난히 찬란하게 떠오르고 있었다. 가슴을 활짝 펴고 떠오르는 태양을 힘껏 안아주고 싶을 정도였다. 말 위에 오른 호림이 땅을 박차고 힘차게 달려나갔다.

끝없는 모욕과 모략

어둠이 내려앉은 황룡사는 적막했다. 어찌 된 일인지 주지의 처소에는 여러 명의 승려가 모여서 심각한 표정으로 앉아 있었다. 주지가 먼저 말문을 열었다.

"우리 황룡사의 조실이신 자장 율사께서 말씀이 있었네. 파계승 원효만이 경을 설할 수 있고 왕후마마의 병을 치료할 수 있다고 말일세. 이번에는 원효의 강설을 막기가 어려워지고 있어. 우리가 자장 율사의 말씀까지 거스를 수는 없는 일이네만, 어찌하면 좋을지 대책들을 내놓아보게. 원효가 강설할 날이 얼마 남지 않았으니 시간이 촉박하다네."

뱀의 눈을 깜박이며 주지의 말을 듣고 있던 승려 주철이 말했다.

"주지스님, 저에게 좋은 계책이 있습니다. 원효가 정리해놓은 주석서를 태워버리면 될 일이 아니겠습니까? 원효는 지금 분황사에서 나와 초개사에 있다고 합니다. 초개사의 스님 중 우리 황룡사로 오고 싶어 안달이 난 자가 있으니, 돈을 좀 쥐여주고 틈을 봐서 원효가 쓰고 있는 논서를 없애버리라고 매수하는 것입니다. 우리는 모르는 일로 하고 원효를 공격하면 잘난 척하

198

는 땡중 원효도 해볼 도리가 없을 것입니다."

옆에 있던 승려 석묵이 조급한 듯 말했다.

"석묵 말씀 올립니다. 우리 황룡사는 이미 하나의 세력입니다. 우리에게 잘못을 묻지 못할 겁니다. 상대등 흠돌과도 긴밀히 의논해 보셔야겠습니다. 우리가 믿을 수 있는 사람은 흠돌뿐입니다."

주지는 미간을 잔뜩 찡그리며 말했다.

"지난번 내가 상대등을 만났을 때도 상대등은 원효를 제거하려는 생각뿐이었네. 그나저나 우리 황룡사의 내부 단속부터 엄중히 해야 하네. 원효 같은 땡중을 따르는 무리가 황룡사 안에도 수두룩하다고 하는데, 어찌 이런 일이 있을 수 있단 말인가? 황룡사 승려가 파계승 원효를 따른 데서야 어찌 우리의 체면이 바로 설 수 있겠는가?"

주지는 잠시 생각에 잠기더니 결심을 한 듯 원효가 쓰고 있는《금강삼매경론》을 태워버리라고 명했다. 주지의 말을 들은 주철이 고개를 더욱 숙이며 힘주어 말했다.

"원효가 나타나는 곳마다 백성들이 몰려다니며 아미타불을 염송한다고 합니다. 그런 일은 천한 것들끼리 몰려다니는 짓거리라고 치부하면 될 일이지만, 주지스님 말씀대로 우리 황룡사의 승려들마저 원효를 따라서야 되겠습니까? 이는 승가의 법도를 어기는 일입니다. 제가 단호히 처리하겠습니다."

그러자 다시 석묵이 말을 이었다.

"소승이 원효가 쓰는 논서를 불태워버리겠습니다. 그 자의 속이 새까맣게 타들어 가도록 남김없이 태워 없애겠습니다. 그러니 주지스님께서는 아무런 걱정하지 마십시오. 강설하기 사흘 전쯤 없애버린다면 원효라 하더라도 별다른 도리가 없을 것입니다."

주지의 얼굴이 활짝 펴지기 시작했다. 번드레하게 기름진 얼굴을 쓰다듬으며 한번 더 다짐시키려는 듯 말했다.

"그래, 그래. 자네들을 믿고 맡겨보겠네. 쥐도 새도 모르게 은밀히 처리해야 하네. 일만 잘 마무리된다면 상대등께서도 자네들에게 후한 상을 내리실 것이야. 하하하."

주지 처소에서 모의가 끝나갈 무렵 황룡사 문밖에는 공덕천녀와 흑암천녀가 눈물을 흘리며 서 있었다. 밤벌레가 쓸쓸히 울고 있었고 공덕천녀의 검고 아름다운 머리카락이 고요하게 바람에 휘날렸다.

"부처님의 뜻을 따라야 할 신성한 부처님의 도량에서도 시기, 질투, 권력을 향한 탐욕을 잠재울 줄 모르니 안타까운 중생들입니다. 이들의 업보를 앞으로 어찌해야 한단 말입니까?"

흑암천녀는 창백한 얼굴로 달빛을 바라보는 공덕천녀를 지그시 바라보았다. 그리고 서늘한 기운을 품어내며 말했다.

"공덕천녀님, 저들의 멸시와 능욕을 한 몸에 받고 계시지만 원효 대사에게서 나오는 광명의 빛은 꺼질 수 있는 것이 아닙니다. 남을 해치려는 사악한 몸부림은 결국 자신들에게 그대로 돌아가게 되어 있는데도 그것을 모르고 저리도 방종하다니 이 얼마나 어리석은 자들입니까? 어떤 과보를 받게 될지 자명한 일

이 아니겠습니까? 아무튼 우리는 가야 할 시간입니다. 공덕천
녀님, 이제 떠나시지요."

공덕천녀는 흑암천녀의 말에 고개를 끄덕였다. 두 천녀는
빛과 어둠이 되어서 길을 떠났다.

다음 날 아침 석묵은 초개사 앞을 지나고 있었다. 새롭게
찾아온 봄날은 맑고 깨끗하고 화창했다. 초개사 담 밖으로 들려
오는 목탁 소리와 목이 찢어지라 울어대는 새소리가 석묵의 무
거운 가슴에 파고드는 듯했다. 초개사에 머물고 있는 원효의 동
정을 살필 겸 나왔지만 사실은 자신의 죄가 두려웠다. 용궁에서
온 경전을 태우려니 더럭 하늘이 무서워지기도 했다.

석묵은 용궁 따위는 없으며 용왕은 더더욱 꾸며낸 얘기라고
혼잣말로 중얼거렸다. 용궁 이야기를 믿는 문무왕이 한심하다고
반복해서 자신에게 말했다. 그렇지만 두려움은 가시지 않았고,
어느새 떠밀리듯 여기까지 와서 초개사를 훔쳐보고 있었다.

개나리 한 무더기가 노랗게 피어 있는 언덕에서는 먼발치
의 초개사 경내가 훤히 내다보였다. 원효는 초개사 경내에서 바
삐 움직이고 있었다. 행색은 초라했고 머리는 거칠게 자라 있어
가끔 손으로 머리를 쓸어 넘기기도 했다. 그렇지만 원효에게서
는 그 누구도 넘볼 수 없는 도력이 있었다.

언제 논서를 다 쓰겠다는 것인지 도무지 이해가 되지 않았
다. 하루종일 밭일을 하는 줄 알았는데 어느샌가 절 안에 있는
빨랫감을 손수 들고 냇가로 나가 빨래를 했다. 조금 후 아이들

이 몰려오자 원효는 아이들을 하나하나 어루만져 주며 부처님 이야기를 들려주었다.

찾아오는 사람들의 울분을 가슴으로 받아주기도 했다. 함께 울어주고 함께 아파하며 고통이 즐거움으로 바뀌는 비법을 알려주었다. 병이 들어 찾아오는 환자는 직접 돌보아주고 통증을 호소하는 이들에게는 탕약을 만들어주기도 했다. 원효의 하루는 쉴 틈 없이 지나갔다.

석묵은 그런 원효의 모습을 몰래 엿보면서 원효를 처음 만났을 때를 기억했다. 전쟁으로 부모 형제를 모두 잃고 배고픔에 먹을 것을 구하러 나갔다가 쓰러진 석묵을 살려내고 먹여준 사람이 다름 아닌 원효였다. 원효는 고통 속에서 죽어가는 자신을 살려놓고 말없이 떠났다. 그런데 석묵은 원효의 은혜를 원수로 갚으려는 것이다.

겨우 기력을 되찾은 석묵은 어떻게든 살기 위해 가짜 당나라 유학생 행세를 하고 가짜 승려가 되어 황룡사로 들어왔다. 당나라 사정을 귀동냥으로 주워듣고는 그럴싸하게 말을 만들어 청산유수로 떠들어댔고, 그 덕에 당나라에는 가본 적도 없이 당나라 유학승이 되었다. 인생에 진실이라곤 찾아볼 수 없는 가짜가 바로 석묵, 자신이었다. 가짜가 진짜에게 큰소리치는 꼴이 얼마나 우스운 일인가. 석묵은 피식 웃으며 혼잣말로 중얼거렸다.

"다 살기 위해서다. 내 부모 형제처럼 개죽음을 당할 수는 없지 않은가? 원효같이 힘없는 스님을 밟아야 내 미래가 있다.

천하의 잡놈인 내가 언젠가는 황룡사의 주지가 될 것이며 그렇게 되면 황실의 진골들까지도 나를 우러러볼 것이 아닌가? 공을 세워야 한다. 원효를 죽여야 내가 살 수 있다."

하지만 가짜 승려 석묵도 한때는 원효처럼 살아보리라 수없이 다짐하곤 했었다. 먼발치에서 원효를 보면서, 원효의 글을 도둑질하고 태워버리려는 자신의 계략이 무언가 잘못되었다는 생각도 들었다. 이런 생각이 거세어져 탐욕스러운 자신을 바위 같은 기세로 짓누르기 시작했다.

'나는 천벌 받을 짓을 하고 있는 거야!'

몸은 승복을 입었으나 자신은 괴물이나 다름이 없었다. 그에 비하면 누더기를 걸치고 거칠게 머리를 기른 보잘것없는 거사의 모습을 한 원효는 무념무상의 자비로운 성자였다.

승복을 입고 있었지만 석묵 자신은 한 번도 자비의 마음으로 중생을 만난 적이 없었다. 그러나 이내 석묵은 흔들리면 안 된다며 마음을 고쳐먹었다. 비록 은인이지만 원효를 죽여야 내가 살 수 있다고 다짐했다.

석묵은 그날 하루를 몸부림치며 원효를 염탐하다가 밤이슬을 맞으며 황룡사로 돌아왔다. 내일은 초개사 종득이가 석묵을 찾아오기로 했다. 황룡사 자신의 처소로 돌아온 석묵은 종득을 꼬드겨 원효가 논서 집필을 마치면 자신에게 가져오라 이를 참이었다. 그것을 불에 태워 없애리라 다짐하며 잠이 들었다.

석묵의 거래를 받아들인 종득이 며칠 뒤 원효의 논서를 들고 황룡사로 찾아왔다. 품속에서 논서를 꺼내 보이며 종득은 약속을 지키라고 했다. 석묵이 돈다발을 던져주자 그제야 논서를 건네주었다. 논서를 받아드는 석묵의 손이 떨렸다. 그날 밤 석묵은 자정이 되어 공양간으로 갔다. 아궁이에 불을 지피고 원효의 저술을 태우기 시작했다.

한 장 한 장 뜯어낸 종잇장이 아궁이의 장작더미 위로 던져졌다. 뜨거운 불길이 중생을 향한 원효의 정성을 집어삼키기 시작했다. 배고픈 아귀처럼 벌건 입을 벌린 불길이 한 장 한 장 원효가 혼신으로 작업한 것들을 먹어 치우더니 순식간에 재로 만들어 버렸다.

석묵은 안심했다. 입가엔 야비한 웃음이 떠올랐다. 사람들로부터 보살이라고 떠받들어지는 원효가 재만 남은 주석서처럼 아무것도 아니라는 생각이 들었다. 곁에 누군가라도 있었다면 이 사실을 떠벌리고 싶어졌다. 원효는 자신이 마음대로 요리할 수 있고 모욕을 줄 수 있으며, 원효가 완성해놓은 것쯤이야 쉽게 태워버리고 심지어 죽여버려도 괜찮다고 생각했다. 공들여 쓴 논서가 모두 사라진 것을 알면 원효가 얼마나 절망할 것인가를 생각하니 웃음이 절로 나왔다.

이상하게도 사람들은 원효가 불러주는 노래를 어디서나 따라 부르고 원효의 이야기를 들으면 근심을 잊었다. 아미타불의 염송은 희망가였고 극락의 소리였으며 그야말로 지극한 즐거움이 되었다.

그러나 지금 이 순간은 자신이 승자였다. 논서가 사라짐으로써 강론을 약속한 날 원효는 개망신을 당할 것이 뻔했다. 어서 아침이 밝아 이 사실을 주지에게 보고하고 자신의 공을 인정받고 싶었다. 하늘을 나는 새들의 제왕인 매를 파리 새끼 한 마리가 잡았다는 것은 이럴 때 하는 말이라고 생각하며 석묵은 웃었다.

'내가 매를 잡은 것이야. 파리 새끼인 내가 원효라는 거대한 솔개를 한입에 삼키고 있음이야.'

석묵은 불에 타들어 가는 원효의 글이 모두 재로 변하자 손을 털고 일어섰다. 파리처럼 더러운 곳을 찾아다니는 꼴이라고 생각해 온 자신이 이제 정말 돌이킬 수 없는 지경에 이르렀음을 실감했다. 석묵은 아직 불이 남아 있는 아궁이 옆에서 손을 비벼대고 얼굴도 비벼대며 피식거렸다. 파리처럼 숨소리도 앵앵거리면서 아궁이의 불길을 다시 한번 곁눈질로 확인했다. 그러고는 눈치를 살피며 밖으로 나와서 숨을 몰아쉬었다.

석묵은 아무 일도 없었다는 듯 주지의 처소로 들어갔다. 주지와 석묵의 웃음소리가 어둠 속으로 흘러나왔다. 두 사람의 웃음이 점점 커졌다. 한참 후에 방문이 열렸고 석묵이 거만한 모습으로 나오고 있었다.

다음 날 초개사에서는 소란이 일었다. 당장 내일 열릴 백고좌법회에서, 원효가 강론하기 위해 준비한《금강삼매경》논서들이 감쪽같이 사라진 것이다. 어쩔 수 없이 황룡사로 원효의 시자승을 통해 급한 전갈을 보냈다. 원효의 논서가 사라져 다시 준비할 시간이 필요하니, 백고좌법회를 사흘만 늦추어달라는 부탁이었다.

주지는 헛웃음을 지으며 콧방귀를 뀌었다. 원효의 시자에게 쓰지도 않은 글이 사라질 수도 있느냐며 원효의 거짓말도 많이 늘었다고 비아냥거렸다. 그러고는 사흘을 연기해줄 테니 반드시 약속을 지켜야 한다고 못을 박았다.

주지의 비웃음에 터져나오는 울분을 참으며 시자는 초개사로 돌아왔다. 돌아오는 길에는 스승을 생각하며 소매로 눈물을 훔치기도 했다. 종득이 그놈 짓이 분명했다. 종득은 원효를 아랫사람 대하듯 모질게 굴며 자신은 점잖은 척 온갖 구린내를 풍기는 놈이었다.

'이놈을 내가….'

시자는 자신도 모르게 주먹을 불끈 쥐고 있었다. 머리를 깎은 이후 이처럼 감정의 격랑을 느낀 적은 없었다. 잠시 숨을 고르고 스승 원효의 웃음 띤 얼굴을 떠올리니 노한 기운이 조금은 사그라들었다.

저잣거리의 눈물

부처님의 나라라도 되는 듯 서라벌엔 절이 무척 많았다. 그런데 이 나라의 부처님은 권력을 가진 자와 돈 많은 자들을 위한 부처님이었다. 백성들은 스님을 보기도 어려웠다.

그렇지만 백성들에게는 원효가 있었다. 원효는 뜨거운 여름에는 삿갓을 쓰고 거리를 돌아다니며 구름처럼 몰려드는 백성들을 위해 춤과 노래 그리고 부처님 이야기를 풀어냈다. 이미 원효는 백성들에게 살아있는 스승이자 친구였다. 고통을 겪는 사람들에게 말벗이었고 병자들에게는 명의이기도 했다.

드디어 원효가 황룡사에서 백고좌법회를 한다는 말이 입소문을 타고 번져나갔다. 원효가 쓴 다섯 권의 책이 모두 사라졌다는 사실도 모두가 알게 되었다. 거지 떼들은 자신들의 왕초 사복을 보내고 나서 오로지 원효에게만 의지해 불법을 익히고 있던 터라 그 분노가 서라벌을 태워버릴 기세였다. 정말 세상을 뒤집어버리고 싶었으나 어찌하겠는가. 원효는 늘 웃어버릴 뿐이었다.

서라벌장터에서 원효는 커다랗고 누런 암소 위에 앉아 있었다. 한곳만을 바라보는 순하디순한 암소의 눈망울은 게으른 표정으로 행복했다. 원효를 둘러싸고 사람들이 모여들었다. 원효는 커다란 소의 두 뿔에 작은 책상을 걸어놓고 글을 쓰고 있었다. 옆에는 원효를 흠모해서 늘 따라다니는 시자승이 먹물을 들고 있었다.

하늘은 구름 한 점 없이 텅 비어 있었고 사방에서 꽃향기가 풍겼다. 완연한 봄이었다. 사람들 사이로 천비랑 장군이 백마를 타고 나타났다. 천비랑은 여전히 단단하고 마른 체구에 눈가에는 가을날의 쓸쓸한 우수가 배어 있었다. 말에서 내린 천비랑이 원효를 향해 천천히 다가왔다. 그리고 예를 다해 인사를 올리며 말했다.

"대사님, 저는 폐하의 명을 받고 이리 왔습니다. 왕후마마의 병이 워낙 위중한지라…. 완성하신 책이 사라져서 다시 쓰시는 중이라 하던데, 폐하께서 내일 강론을 열 수 있는지 알아보라 하셨습니다."

원효는 빙그레 웃으며 말했다.

"천비랑 장군, 오랜만이오. 아무 걱정하지 마시라 말씀드리세요. 이제 마무리하는 중이랍니다. 원본보다는 줄여서 쓰고 있으나 세 권의 책으로도 충분할 것입니다."

원효는 미소를 지었고 천비랑은 놀라움을 감출 수 없었다.

"네, 대사님. 폐하께 그리 아뢰겠습니다."

천비랑은 말을 마치고 원효를 곁눈으로 쳐다보았다. 검게 그을린 얼굴과 굵은 손마디는 원효의 삶이 어떠했는지를 말해주고 있었다. 아무렇게나 쓸어올린 머리카락이 바람에 날려 간간히 원효의 반듯한 이마에 드리워졌다.

어떻게 저리 태연할 수 있단 말인가. 폐하와 왕후를 비롯해 진골들과 고관대작, 승려 백 명이 참여하는 백고좌법회를 앞두고 강론에 필요한 책이 사라졌는데도 너무나 여유로워 보이는 원효였다. 원효는 조급함이 없었다. 두려움도 없었다.

바람처럼 태양처럼 살고 있는 원효를 보는 순간 천비랑은 원효를 향한 요석의 사랑이 더욱 굳건하리라 느껴졌으며, 다시 서글픔이 밀려왔다. 천비랑은 자신의 마음을 들킬까 걱정이 되어 얼른 인사를 하고 황급히 말 위에 올라탔다. 천비랑은 백마가 먼지를 일으키지 않도록 사람들 사이를 서서히 빠져나갔다.

잠시 후 군중들 사이에서 한숨과 비통의 목소리가 터져 나왔다. 한 아낙이 목이 멘 소리로 말했다.

"우리 대사님이 쓰신 책이 없어졌다지 않은가? 우리 대사님을 시기하고 괴롭히는 것들이 왜 이리 많단 말인가?"

그러자 옆에 서 있던 아낙이 참을 수 없다는 듯이 주먹까지 쥐면서 소리를 질렀다.

"그러게 말이네. 아휴, 속상해. 저것들을 잡아다가 작살을 내야 다음부터는 못된 짓들 안 하고 정신을 차릴 터인데!"

그러자 손을 모으고 아미타불을 염불하던 아낙이 눈물을 흘리며 성난 이들을 말렸다.

"조용히들 하게나. 우리 대사님이 이렇게 나오셔서 글을 쓰고 계시는데…. 조용히 해야 글을 쓰시지 않겠는가!"

아미타불의 염불 소리가 나지막이 울려 퍼지며 원효를 에 위싸고 있었다. 처음에는 모두 불덩이가 안에 들어있는 듯 분노로 얼굴이 일그러져 있었지만, 원효를 바라보며 마음이 편안해졌다.

원효가 몰려 있는 백성들을 바라보며 지그시 미소를 짓더니 갑자기 쓰던 글을 멈추고 서안을 들고 말했다. 서안을 들자 암소의 두 뿔이 하얗게 드러났다.

"여러분, 암소의 두 뿔처럼 우리에게도 두 개의 뿔이 있소이다. 본각과 시각이라는 것입니다. 우리가 본래 부처인 것이 본각이며 우리가 서서히 이를 알아가는 것이 시각입니다. 우리는 이렇게 부처의 길을 가는 겁니다."

원효는 다시 모여 있는 대중들을 향해 힘주어 말했다.

"마치 소의 두 뿔처럼 원래 우리의 존재는 이미 약속되어 있어요. 소의 두 뿔이 당연한 것처럼 우리가 부처가 되는 일도 당연한 겁니다. 다만 시각에 의해 시간이 오래 걸리기도 하고, 까먹어버리기도 하고, 되찾기도 하는 거지요. 그러니 아무 걱정하지 마시오."

원효는 환하게 웃으며 서안을 내려놓고 다시 말했다.

"까먹어도 본래 모습으로 돌아가게 되어 있어요. 시간이 걸리더라도 우리는 부처가 될 수 있습니다."

원효는 호탕하게 웃었다. 그리고 한 사람 한 사람의 마음을 자신의 심장에 새겨넣었다. 원효는 사자의 커다란 음성으로 모여 있는 대중들의 눈을 하나하나 마주치며 하나가 된 울림으로 말했다.

"그래서 나는 그대들을 찬란하게 바라봅니다. 그대들은 본래 찬란한 존재들입니다."

사람들은 술렁거렸다. 얼굴에 홍조가 피어나기 시작했고 마른 나뭇가지에 푸른 새잎이 돋아나기 시작했다. 모여 있는 사람들 틈에서 굵직한 남자의 목소리가 울려왔다.

"원효 대사께서는 우리가 찬란하다고 하지 않는가! 우리같이 천한 잡놈들이, 평생을 손가락질받고 발로 차여가며 길거리에서 뒹굴며 사는 것들이, 온갖 나쁜 짓은 다 하고 사는 우리가 본래는 찬란한 존재라고 하지 않는가!"

그러자 가늘고 여린 여자의 떨리는 목소리가 들려왔다.

"정말 우리도 찬란할까요? 대사님은 거짓말을 하지 않으시잖아요. 정말로 우리 같은 무지렁이들도 부처님이 될 수 있는 걸까요?"

모두가 합장을 하고 원효를 바라보았다. 저잣거리는 지극한 환희로움으로 순식간에 낙원으로 바뀌었고 모두의 마음에 햇살이 스며들었다.

이윽고 다시 고요해진 가운데 일필휘지, 원효의 붓질이 한동안 계속되었다. 사람들은 원효의 모습이 부처의 모습임을 알았다. 하나둘씩 무릎을 꿇고 합장하며 원효를 향해 절을 올렸다. 맨 앞에 합장한 사내가 말했다.

"왕후마마의 병만 치료하는 것이 아니라 우리들 마음의 병까지 고쳐주시러 이리 오셨습니까? 대사님, 우리는 대사님을 위해서 해드릴 것이 아무것도 없는 비천한 사람들입니다.

어찌해서 이토록 긴 세월을 고단하게 우리 곁에 계시는 겁니까?"

사내는 흐느껴 울기 시작했다. 눈물과 콧물이 범벅이 된 사내의 울음은 여러 사람의 마음을 파고들어 참회의 눈물로 이어졌다. 뒤편에 앉아 있던 여인이 크고 또렷한 음성으로 원효를 바라보며 말했다.

"바람 소리 새소리도 못 알아듣는 어리석은 병, 탐욕의 병을 고쳐주러 오신 겝니까? 정녕 눈뜨고도 한 치 앞을 못 보는 저희를 위해 나오신 겝니까?"

원효가 고개를 들어 말했다. 신선한 아침 바람에 실린 원효의 목소리가 사람들의 살갗 속으로 들어가 세포 하나하나 깊숙이 스며들었다.

내가 자네이고 자네가 바로 나니까
내가 내 병 고치러 나온 것이네.
자네의 아픔이 내 아픔이니
자네의 서러움과 그 서글픔이 그 애통함이
바로 나의 것이니
자네를 바라보는 일은 나 소성이를 바라보는 것이지.
우리가 하나이기에, 우리는 한 몸이기에.

원효는 말없이 글을 써 내려갔다. 봄 햇살이 원효의 등을 따뜻하게 내리쬐고 단단하게 얼어있던 사람들의 마음을 녹아

내리게 했다. 진짜 봄날이 시작되고 있었다.

6

"오늘따라 꽃비가 더 환희롭습니다. 분명히 어제도 벚꽃
비는 흩날렸는데…. 어제도 못 만났고 내일도 못 만날 벚
꽃비. 오늘 이 순간 내리는 벚꽃비가 바로 축복입니다."
벚꽃 한 잎에 '일심(一心)'이라는 글씨가 새겨져 떨어졌
다. 갑자기 수많은 벚꽃잎에 새겨진 일심들이 비처럼 쏟
아졌다.

황룡사의 문을 열어라

원효는 다시 쓴《금강삼매경론》을 들고 말 위에 올라탔다. 시자가 옆에서 원효를 따르고 있었고 길 앞에는 원효를 기다리고 있는 수많은 사람으로 북적거렸다. 모두의 얼굴에 웃음이 가득 피어올라 마치 축제의 시작을 알리는 축포처럼 즐거웠다.

즐거움으로 가득했던 출발은 조금 후 갑자기 나타난 자객들로 얼어붙었다. 두건과 복면을 쓴 열두 명의 자객들이 사나운 기세로 달려들었다. 자객들은 길을 막고 사람들을 위협하며 원효에게 칼을 휘둘렀다. 검은 복면을 쓴 자객 하나가 원효를 다그쳤다.

"당장 손에 들고 있는 책을 내놓아라. 그 책을 주면 죽이지 않겠다."

원효는 누군가 던져준 대나무 막대기를 들고 자객을 상대하기 시작했다. 원효의 무예는 신공이었다. 날렵하되 힘이 있었고 현란한 듯 절도있게 상대를 제압했다. 자객들은 외마디 비명을 지르며 쓰러졌다.

잠시 후 백마를 탄 천비랑이 바람을 가르며 달려왔다. 천비랑은 원효와 합세해 열두 명의 자객들을 모두 쓰러뜨렸다. 원효는 쓰러져 있는 자객들을 향해 말했다.

"너희들이 누구인지, 누가 보내서 내가 쓴 글을 가져가려는 것인지 묻지 않겠다. 더는 스스로를 더럽히지 말거라. 귀한 생명을 함부로 죽이고 상하게 하는 짓은 너희들 자신을 죽이고 상하게 하는 것이니 물러가서 참회토록 하거라."

자객들을 노려보며 천비랑이 말했다.

"아무래도 걱정이 되어 대사님을 모시러 왔습니다. 이 자객들은 누군가의 사주를 받고 대사님의 법회를 막으려는 자들입니다. 제가 데리고 가서 처리하도록 허락해주십시오. 배후가 누구인지 밝혀내어 엄히 다스리도록 하겠습니다."

원효는 고개를 가로저었다.

"그만두시고 보내주세요. 내가 이미 가라 하였습니다."

천비랑은 묵묵히 원효의 말을 따랐다. 원효와 천비랑이 천천히 말 위에 올라탔다. 원효는 말고삐를 움켜쥐며 천비랑에게 물었다.

"신라의 대장군이 되실 천비랑 장군께서 왜 늘 나를 따라다니시는 겝니까?"

천비랑은 주저 없이 답했다.

"요석 공주께서 행복하시면 저는 그뿐입니다. 요석 공주의 행복을 위해서라면 저는 목숨을 걸고서라도 대사님을 지켜드릴 것입니다. 이 천비랑이 대사님을 모시고 황룡사로 가시는 길을 호위하겠습니다."

원효는 천비랑의 눈 속에서 맑은 이슬이 어리는 것을 보았다. 천비랑이 이끄는 대로 원효는 아무 말 없이 황룡사를 향해 말을 몰았다. 길을 따라 손을 흔들거나 합장하는 사람들이 끝없이 이어져 있었다.

왕족과 진골 그리고 대신들, 백여 명의 승려가 함께하는 황룡사의 백고좌법회는 황룡사 구층탑처럼 장대하게 시작되었다. 의상이 제일 먼저 다가와 원효를 반갑게 맞이했다. 의상은 진골 출신이며 왕족의 일원이나 다름없었기에 백 명의 승려 중에서도 단연 앞자리에 있었다.

의상은 원효를 보며 마음속에서 샘물이라도 솟아나듯 충만함을 느꼈다. 단정한 모습의 의상은 바람에 머리카락이 휘날리는 원효에게 다가가 고개를 숙이고 사형을 대하는 존경심을 정성을 다해 표했다.

"사형, 당나라에서 돌아와 반갑게 뵌 뒤로 너무 격조하였습니다. 찾아가 뵈오려 했으나 시간이 촉박한 사형께 방해나 되지 않을까 염려되어 기다리고만 있었습니다. 이렇듯 백고좌법회에서 강설해 주신다니 모든 신라인의 축복입니다."

원효는 의상의 손을 맞잡고 한동안 놓지 못했다. 천상에서 형제의 인연이 이곳 사바세계에서는 사형과 사제의 인연으로 두텁게 이어져서 헤어져 있었어도 여전히 굳건했다.

"자네를 오늘 이 자리에서 만나니 나 또한 반갑고 기쁘다네. 어서 자리하게나."

더 무슨 말이 필요하겠는가. 의상은 두 손을 정성으로 모아 원효를 향해 합장했다.

의상과 원효가 자리에 앉자 임금과 문명 태후가 들어왔다. 자의 왕후는 시녀들의 부축을 받아 겨우 자리에 앉았다. 뒤를 이어 요석 공주와 지소 공주가 들어오고 설총 또한 요석 공주의 뒤를 따르고 있었다.

요석 공주는 나이가 들면서 젊은 날과는 다른 원숙한 아름다움으로 빛났다. 요석 공주가 걸을 때마다 국화 향이 퍼져나갔다. 모든 이들이 자리에서 일어나 임금과 왕족들을 경건하게 맞이했다.

드디어 백고좌법회가 시작되었다. 백고좌법회는 왕실과 귀족들만 참석하는 법회로 황룡사의 문은 굳게 닫혀 있었고 경계가 삼엄했다. 그러나 황룡사의 담 밖에는 원효의 육성을 조금이라도 들으려는 백성들이 구름처럼 모여들었다. 저마다 간절한 염원을 가슴에 품은 채 보이지 않는 원효의 모습을 떠올리고 있었다.

어떤 이는 병든 어미를 업고 와서 어미의 병이 낫기를 간절히 기도했고, 어떤 이는 알 수 없는 피부병이 이제 그만 사그라들기를 기도했다. 모두가 지긋지긋하게 경험한 고통과 지옥에서 이제는 벗어나고 싶었다. 그들은 스스로 부처의 길을 걷는다는 것이 고통을 멸하려는 순간부터 시작되는지도 모른다고 생각했다. 원한과 욕망으로 하루하루를 살아가고 고통과 치욕으로 머리가 불구덩이처럼 뜨거워지는 삶이 이제는 견딜 수가 없었다.

'그래, 다시 살아보고 싶어졌어!'

백성들의 마음속에는 삶에 대한 의지가 조금씩 조금씩 싹트고 있었다. 원효의 길거리 법회로 수많은 원효들이 움직이기 시작했으며, 너와 내가 다르지 않다는 그 이상하고도 알 수 없는 말들을 진짜라고 이해하기 시작했다. 그렇지만 황룡사의 문은 너무나 단단히 잠겨 있었다. 극락과 지옥을 가르는 문처럼 다른 세상이 되어 도무지 열리지 않았다.

법좌에 앉은 원효는 한동안 아무 말도 하지 않았다. 원효의 침묵에 백고좌법회에 참석한 이들은 긴장하며 원효의 굳게 다문 입술을 쳐다보았다. 비록 천민의 옷을 입고 있었지만, 원효의 눈빛은 이 세상 사람의 것이 아니었다. 이 순간만큼은 살아 있는 부처님이 계신다면 원효의 눈빛이었을 거라고 생각했다. 원효와 같은 공간에 앉아 있으면서 함께 숨을 쉬는 것만으로도 삶의 온갖 번뇌와 고통이 녹아내리고 있음을 느끼는 이들이 많았다.

고요한 침묵 속에서 사람들은 원효로부터 내리쬐는 따뜻한 햇살을 느끼고 원효로부터 불어오는 시원한 바람을 느꼈다. 이윽고 긴 침묵을 깨고 원효가 입을 열었다. 그의 목소리는 너무나 청량하고 강건했으며 부드러웠다. 무엇보다 힘이 있었다.

"황룡사의 문을 열어라!"

문무왕 법민은 당황했으나 원효의 성정을 아는지라 옆에서 대기하고 있는 신하들에게 눈짓으로 문을 열라는 신호를 보냈다. 황룡사의 주지를 비롯한 몇 명의 승려들이 안절부절못하고 웅성거렸다. 그러나 임금의 눈치를 살펴야 했기에 황룡사 주지는 이내 표정을 가다듬고 눈을 감았다. 다른 승려들도 눈치껏 입을 다물고 어떻게 일이 되어갈지를 긴장하며 주시했다.

이때 흠돌의 아들인 승려 보정이 큰소리로 외치기 시작했다. 보정의 목소리는 우레와 같이 세상을 향해 포효했다.

"문을 열라 하신다. 어서 황룡사의 문을 열어라!"

여기저기에서 원효를 따르고 존경했던 승려들이 일체된 힘으로 하나의 목소리를 내기 시작했고, 그것은 하나의 울림으로 퍼져나갔다.

"황룡사의 문을 열어라!"

"황룡사의 문을 열어라!"

육중하게 닫힌 황룡사의 문이 드디어 열렸다. 모두가 숨을 멈추었다. 이런 일이 정말 가능한지를 생각할 겨를도 없이 문이 열렸고, 황룡사의 담장 밖에 있던 백성들은 다른 곳도 아닌 바로 정문을 통해 황룡사의 경내로 들어오고 있었다. 법회가 열리는 마당에서는 백제인의 억양도 들렸고 고구려인의 억센 말투도 간간이 들려왔다.

"우리도 들어갈 수 있다. 우리에게도 문이 열린다."

"어서 들어가게나. 내가 살아생전에 황룡사 안을 보게 되다니!"

모두가 신기하고 또 즐거웠다. 지극한 즐거움이란 바로 이것이었다. 극락정토가 바로 이곳이었다. 백성들은 황룡사의 웅장한 모습에 넋이 나간 듯 고개를 이리저리 돌리며 신기해했다.

황룡사 경내는 순식간에 백성들로 가득 찼다. 미처 못 들어온 백성들은 열린 문 뒤에 서서 조금이라도 더 황룡사의 안을 들여다보려고 발돋움했다. 모두의 얼굴이 환희로웠다.

황룡사 안은 어느 때보다도 경건했고, 숨소리도 들리지 않을 만큼 고요했다. 맑은 바람이 일어났다. 원효가 자애로운 미소로 사람들을 바라보며 말했다.

"예전에 백 개의 서까래를 고를 때에는 그 모임에 참석하지 못했으나, 오늘 아침 한 개의 대들보를 놓을 때는 나만이 필요하구나."

이 말을 들은 주지는 자신의 죄상이 드러날까 조마조마해서 황급히 고개를 떨구며 원효에게 말했다.

"대사를 몰라보고 무례를 범했습니다. 부디 용서하소서."

주지가 허둥거리며 초조해하는 모습을 본 다른 황룡사 스님들도 모두 원효를 향해 엎드려 용서를 빌었다.

"대사, 무례를 용서하소서."

원효는 미소를 지었다. 모두가 삼배를 올리고 난 뒤 법회의 시작을 알리는 죽비소리가 세 번 울렸다. 원효의 법문이 시작되었다.

너와 나
주관적인 것과 객관적인 것이 모두 다 공허한 것인데
대립하고 갈등하고 싸우는구나.
모든 것이 텅 비어 허공뿐인데,

그것을 모르니
근심 걱정을 놓지 못하고
더 가지려 하고 더 모으려 하면서 늘 궁색하구나.
모든 것이 그야말로 텅 비어 있다는 것을 자각하면 길이길
이 즐겁도다.

참선을 한다는 것은
잠깐이라도 골똘히 생각하는 것으로부터 시작하는 것이며
나를 잊음으로 진정한 나를 알아가는 것이니라.
우리는 앉아서만 삼매에 드는 것이 아니라
순간순간 깨어 있으려는 마음으로
순간순간 깨어 있으므로
매 순간 삼매에 드는 것이니
그것은 늘 설레는 일이고 늘 맑아지는 일이며
늘 우리가 하나라는 것을 깨닫는 일이 될 것이다.

그러니 이 세상 만물,
설사 그것이 개미나 지렁이나 박쥐라 하더라도,
또한 길가에 외롭게 핀 꽃 한 송이라 하더라도,
진정 우리는 하나이니
존중하고 사랑해야 깨달음의 그 첫걸음이 열리는 것이니라.
인간보다 못한 미물이라 하여 괴롭히면
그 인연은 다시 우리에게 돌아올 것이고,

나보다 못난 인간이라 하여 괴롭히면

그 괴로움은 우리가 그대로 돌려받아야 하니 이 얼마나 공평한가.

우리가 연결되어 있고 하나이기에 가능한 것이니라.

부디 우리가 하나임을 잊지 말거라.

부디 사랑하거라.

부디 우리가 하나임을 알아 차별 없이 아낌없이 사랑하거라.

자거, 마노, 산호를 뚫어버리는 금강처럼

가차 없이 뚫어버리고 모든 의심을 타파하라.

선업을 일으켜 의심을 끊기 때문에 의심과 후회가 영원히 단절된다.

부처님이 입적하신 이후에는

정법(正法)이 세상에서 사라지고 상법(像法)이 머무는 말법시대가 와서

세상이 혼탁함으로 어지러울 것이다.

오탁악세의 말법시대에는 중생들이 갖가지 악업으로 윤회할 것이니

이 경이 용궁에서 황룡사까지 온 이유는

이후 말법시대의 중생들에게까지 이익을 주기 위함이니라.

부디 하나임을 잊지 말고 차별 없이 평등하게 사랑하거라.

부처님께서 말씀하신

가난한 아들에게 한 아버지의 말을 기억하거라.

사실은 그 아들은 가난한 자가 아니었다.

필요하면 마음대로 쓸 수 있는 큰돈을 가지고 있었다.

그런데도 자신이 가진 돈을 알지 못했고

50년이나 궁색하게 살며 살길을 찾아 헤매었다.

그런 아들이 이 세상에 수없이 많으니 아버지의 마음이 어떠하겠는가.

그래도 아버지의 말을 깨달았으니 곤궁에서 벗어날 수 있었던 것이니라.

우리는 우리를 알아야 하느니,

우리가 가진 것을 알아야 한다.

우리가 본래 깨끗한 마음을 가진 것을 알아야 한다.

법회를 듣는 모두의 마음이 고요하고 넉넉해졌다. 늘 허덕이며 늘 가난하게 살아온 찌들고 더럽혀진 마음이 원효의 음성과 눈빛을 통해 자신의 본래 모습으로 돌아가고 있었다.

원효의 강론이 끝나자 모두가 환희로운 마음으로 서로를 바라보았다. 어제 보던 너의 모습이 아니었다. 하나로 묶여 있는 같은 몸이었다. 너도 똑같은 나였기에 서로를 소중하게 여기고 서로의 마음을 온전하게 소통할 수 있었다. 원효의 강론이 끝나고 사람들은 저마다 마음의 여행을 떠났다. 나를 찾고 드디어 나를 알게 되는 처음 가보는 여행이었다.

원효는 다음 날 다시 길거리 법회를 열었다. 황룡사 안으로 들어오지 못한 이들을 위한 법회였다. 길거리에 있던 사람들이 원효가 앉을 자리를 마련해서 좌복을 깔고 분주하게 주변을 청소했다. 잠시 후 원효가 천천히 걸어서 하얀 무명천 좌복 위에 올라앉았다. 원효는 백성들 하나하나의 얼굴을 바라보았다. 그중 원효와 눈이 마주친 더벅머리 총각이 가슴에 품고 있던 하얀 들꽃을 원효에게 바쳤다.

"황룡사에서 법회를 못 들은 우리를 위해 길거리 법회까지 열어주시는 원효 스님께 소인들 어떻게 감사의 마음을 드려야 할지 몰라서 이렇게 길을 지나다가 어여쁜 꽃이 피어 있기에 스님께 올립니다. 미련한 저의 정성이나 받아주셨으면 합니다요."

원효의 미소가 따뜻한 햇살이 되어 백성들의 얼굴을 하얀 꽃으로 피어나게 했다. 원효는 꽃을 받으며 말했다.

"이보다 더 큰 선물이 어디 있겠습니까? 참으로 아름답습니다!"

원효는 좌중을 둘러보며 차분하게 말을 이었다.

"글을 모르고 오로지 자신의 복만을 빌고 싶더라도 부처님의 이름은 알아야 합니다. 부처님의 이름은 아미타불이시고 무량한 광명입니다. 부처님을 부르면 부처님은 여러분과 늘 함께 있습니다. 그러니 죽고 싶을 만큼 힘이 들 때 아미타불을 염하면 저절로 안심되고 의지처를 얻게 되는 것입니다."

원효는 길거리에서도 황룡사 법문과 똑같이 경건하고 진지한 가르침을 펼쳐나갔다.

"이 세상에는 다툼이 너무나 많아 서로를 나누어 나는 옳고 너는 틀리다고 싸웁니다. 어떤 사람은 나만이 맞다고 주장하고 다른 사람은 맞지 않다고 부정하니 논쟁이 끝날 줄을 모릅니다. 남색과 청색이 서로 다르다고 다투고 물과 얼음이 다투는 것은 쓸데없는 다툼입니다. 얼음이 물이 되기도 하고 물이 얼음이 되기도 하는 것을 왜 모르십니까. 근본으로 들어가면 평등하고 차별이 없습니다. 근본으로 돌아가십시오. 근본 자리에서 우리는 진정 하나입니다."

원효의 법회는 계속되었다. 새들도 날아와 법문이 끝날 때까지 움직이지 않았다. 소리가 세상을 창조했다는 말처럼 원효의 법성이 새로운 세상을 만들어가고 있었다. 사람들의 가슴에 원한과 원망의 눈물 자국이 지워지고, 우리가 하나이며 우리가 부처라는 큰 믿음으로 커다란 수레바퀴가 돌아가기 시작했다.

기쁨의 눈물이, 환희의 눈물이 이런 것인가. 사람들은 소매로 눈물을 닦아내며 가슴이 후련하고 행복해짐을 느꼈다.

당나라에서 온 천 명의 유학생

당나라에서 온 천 명의 승려들이 천성산으로 줄을 이어 걸어오고 있었다. 원효를 스승으로 모시고 진리를 얻고자 하는 사문들이었다. 붉은 승복을 입고 염불을 하며 걸어오는 천 명의 모습은 가을 산을 더욱 붉게 물들였다.

푸른 광채의 눈을 가진 매 한 마리가 구도승들의 머리 위에 날고 있었고, 천성산의 폭포 위에 떠 있던 붉은 용 한 마리가 구도자들의 마음속 울림에 귀를 기울였다. 붉은 물결이 산과 하늘을 물들이고 허공 속으로 사라졌다가 다시 나타나곤 했다.

천 명의 구도승들은 오로지 일심으로 원효의 상을 그리며 걸어갔다. 그들은 원효가 어디에 있는지 알지 못했다. 다만 신라에 가면 원효를 만나게 될 거라는 믿음만은 흔들리지 않은 채 끝없는 행렬을 이어왔다.

그들이 계곡으로 걸어가고 있을 때 갑자기 웬 노인이 그들 앞에 나타났다. 노인은 하얀 폭포가 쏟아지는 듯한 길고 흰 수염을 한 손으로 쓸어내리고 있었다. 흰 눈썹이 길게 자라 있었으며 천년의 세월을 뚫어보는 듯 눈빛이 깊었다. 노인의 흰 옷자락은 붉은 산과 구도승들의 붉은 옷 때문인지 유난히 하얗게 빛나고 있었다.

　노인이 맨 앞에서 걸어오는 구도승을 바라보았다. 붉은 물결이 파도처럼 일렁였고 구도승들의 눈빛은 결의로 빛나고 있었다. 천 명의 구도승을 맞이한 노인은 미소를 지으며 그들에게 말했다.

　"그대들은 원효 대사에게 법을 구하러 온 구도승들이 아닌가? 참으로 대견하구나!"

　구도승 중 맨 앞에 있던 혜산이 깜짝 놀라 합장하고 노인에게 예를 갖춘 후 물었다.

　"저희는 당나라에서 원효 대사님을 만나러 온 구도승들입니다. 저희가 대사님을 만나러 온 줄을 어찌 아셨습니까?"

　노인은 물음에는 답하지 않고 크게 웃으며 그들에게 산을 울리는 음성으로 말했다.

　"원효 대사는 자네들이 들어온 산중에 계시네. 이 길을 따라가다 보면 작은 암자가 나올 것이네. 그곳에서 자네들을 기다리고 계시니 어서 길을 서두르시게나. 자네들은 살아있는 보살을 친견하는 축복 받은 구도승들이 아닌가! 나 또한 그대들의 정성에 감복해서 이처럼 마중을 나온 것이라네."

　청량한 음성에 매료된 구도승들은 기쁘고 환희로운 마음으로 원효 대사께서 보내신 노인이라고 생각했다.

　그들이 감사하다는 말을 전하며 합장하려는 순간 노인은 오간 데 없이 자취를 감추었다. 노인은 바람을 관장하는 산신이었다. 그렇게 바람 소리만이 그들의 귀에 남아 있었다. 구도승들의 발걸음은 더욱 가벼워졌고, 굳게 다문 입술은 더욱 단단해 보였다.

어느덧 구도승들은 원효가 머무는 사찰에 다다랐다. 원효의 시자는 원효가 아침에 미리 일러주었기 때문에 구도승들의 방문을 알고 있었다. 단풍이 붉게 물든 일주문 앞에서 기다리고 있던 시자는 구도승들에게 합장하며 경건하게 맞이했다.

가장 앞에서 구도의 길을 걸어온 스님 한 분이 시자에게 공손히 합장하고 말했다.

"저희 구도승들은 원효 대사님을 스승으로 모시고자 당나라에서 이곳까지 걸어서 왔습니다. 부디 대사님을 뵙도록 해주십시오."

시자는 고개를 끄덕이고 원효의 처소로 안내했다.

"스승님, 당나라에서 구도승들이 도착했습니다. 이들이 뵙기를 청하옵니다."

원효의 건조한 목소리가 들려왔다.

"들어오시게 하게."

구도승들 중에서 가장 앞에 있던 승려 혜산과 뒤를 이었던 승려 여음이 들어왔다. 젊은 두 구도승은 햇볕에 검게 그을린 얼굴에 바랑을 메고 있었다.

"어서 앉으시게. 먼 길을 오셨네."

구도승들은 원효에게 절을 하고 자리에 앉았다. 먼저 혜산이 입을 열었다. 얼굴은 상기되어 있었고 말할 때마다 향긋한 풀냄새가 났다.

"이렇게 눈앞에서 원효 대사님을 뵙게 되다니 꿈만 같사옵
니다."

원효는 혜산과 여음을 번갈아 보며 말했다.

"구도의 문은 문이 없어도 문이 열려 있으니…."

혜산은 엎드려 원효를 향해 말했다.

"이미 당나라에서 대사님이 쓰신 책들을 읽고 마음으로 모
시고 있었습니다. 당나라에서는 대사님의 책을 구해서 읽는 것
이 공부하는 사람들의 큰 기쁨입니다. 삼장 법사님의 논리를 반
박한 대사님의 글도 잘 읽었습니다. 이미 많은 사문들이 대사님
의 글을 읽고 깊이 공감하고 있습니다."

원효는 혜산에게 말했다.

"진리를 구하고자 함이지 논리에서 이기기 위함이 아니었
네. 내 뜻을 깊이 알아주길 바라네."

혜산과 여음은 원효 앞에 마주 앉아서 원효의 음성을 듣고
있다는 사실이 도무지 믿기지 않았다. 진리를 구하고 진리를 실
천하려는 원효는 진정 살아있는 보살이었다. 원효는 다시 그들
에게 말했다.

"대승의 한 길로 가기 위함이네. 오로지 그뿐이네."

활짝 열린 문 바깥에서 붉은 옷을 입고 있는 나머지 천 명
의 당나라 구도승들도 자신이 원효와 하나의 마음으로 화합되
고 있음을 깨닫기 시작했다. 그들은 나와 너의 구별이 없는 하
나의 세상으로 나아가고 있었고, 마음속 깊은 곳에서 참회의 눈
물을 흘리고 있었다.

혜산과 여음이 입을 모아 말했다.

"저희 천 명의 구도승들은 원효 대사님 문하에서 공부하고 자 여기 해동까지 왔습니다. 대사님을 만나서 진리를 얻고자 하 는 수많은 당나라 승려들이 있습니다. 저희를 외면하지 마시고 받아주시길 간청드리옵니다."

구도승들은 일제히 하나의 울림으로 원효에게 간절하게 스승이 되어줄 것을 청했다.

"저희를 제자로 받아주십시오."

원효는 그들을 온화한 눈으로 바라보며 말했다.

"내가 지은 글을 통해 나를 만나서 대화하는 것도 뜻깊은 일이었네. 시간과 공간은 본래 없는 것이라네. 자네들이 이리 찾아와서 진리를 알고자 하고, 깨닫고자 하고, 부처의 길을 가 려 하니 내 마음도 여간 기쁘지 않다네."

구도승들은 환희의 눈물을 흘리며 합창하듯 일제히 하나 의 목소리로 말했다.

"부단히 용맹정진하여 스승님의 기대에 한 치의 어긋남이 없도록 하겠습니다. 목숨을 걸고 진리를 구하고 부처의 길을 걷 겠습니다."

원효는 고개를 저으며 말했다.

"나는 제자를 두지 않는다네. 오로지 함께 공부하고, 함께 일하고, 함께 부처의 길을 걸을 뿐이네. 우리는 이미 하나의 마 음이며 하나의 몸일 뿐일세."

원효는 깊은 음성으로 화엄의 세상이 펼쳐질 벌판을 가리켰다.

"앞으로 우리는 화엄벌에서 화엄장을 열어갈 것이네. 자네들은 모두 지금 이 순간부터 부단히 정진하도록 하시게."

굳은 의지와 신심으로 모두 하나의 마음이 되어 불타올랐다. 그때 문밖에 있던 해명이라는 구도승이 원효에게 허리를 숙이며 말했다.

"저희 당나라가 오랫동안 해동의 백성들을 괴롭힌 죄를 참회합니다. 우리 구도승들이 길을 떠나기 전날 대사님을 잘 아신다는 호림 장군이 찾아와서 대사님께 꼭 전해달라는 말이 있습니다."

원효는 호림이라는 이름을 듣고 미소를 지었다. 해명이 말을 이었다.

"호림 장군은 백제의 흑치상지 대장군을 모시고 백제인으로 살고 있습니다. 당나라에 있는 모든 백제인이 존엄을 잃지 않고, 자존을 지키며 살아가고 있다고 원효 대사를 뵙거든 꼭 전해달라고 하셨습니다."

원효는 호림의 순박한 웃음을 기억했다. 사랑하는 여인을 위해 자신의 모든 것을 던져버린 호림. 신라에서 태어나 파진찬이란 벼슬에까지 오른 한 사내가 운명처럼 백제 여인을 만나서 백제인이라는 순혈의 마음으로 살고 있는 것이다. 호림에게는 이제 백제와 신라라는 분별은 아무짝에도 쓸모없는 것이 되었다. 사랑하는 사람을 지키려는 호림의 마음은 이미 우주의 마음이고 원효의 마음이었다.

원효의 크고 굵은 음성이 산야를 울렸다.

"나는 소성 거사라네. 부단히 정진해서 이곳에 화엄의 세상을 만들려는 일념뿐이라네. 자, 다들 먼 길 오느라 피곤할 테니 오늘은 이만 쉬도록 하시게."

그날 밤 천성산의 달은 유난히 크고 빛났다. 커다란 달이 앞으로 성인이 될 천 명의 구도승들의 얼굴을 하나하나 빠짐없이 비춰주었다.

원효는 고요히 앉아 있었다. 좌선하는 원효 주위로 하얀 연꽃이 피어났다. 원효의 눈은 관세음보살의 눈이 되어 있었고, 천 개의 손으로 천 명의 구도승을 어루만져 주었다. 덕지덕지 붙어 있던 오래된 그들의 업장을 닦아내고 구도의 길을 열어주는 것이었다. 아미타불의 마음으로 밤이 깊어갔다.

첫새벽의 열반

한평생 오로지 대승의 길을 걸었던 한 남자가 고요히 혈사(穴寺)에 앉아 있었다. 백발이 성성하던 머리카락은 한 올도 남김없이 깎여져 있었다. 원효였다. 금강산에서부터 바다와 땅이 만나는 곳에 이르기까지 온 산야를 디디고 다녔던 그의 굳건한 발은 이 순간에도 여전히 단단했다.

입적의 순간이 다가왔다. 어김없이 첫새벽의 붉은 해가 떠오르고 있었다. 혈사 앞에는 수많은 사람이 쉼 없이 엎드리며 절을 하고 있었다. 원효의 마지막을 눈물로 바라보는 그들 앞에 흰옷을 입은 여인이 나타났다. 요석이었다.

요석은 침착하고 담담한 표정으로 가부좌를 틀고 앉은 원효의 맞은편으로 다가가 삼배를 올렸다. 요석의 뒤를 따라 들어온 설총도 원효를 향해 절을 올렸다. 그의 눈가는 젖어 있었다. 요석과 설총은 나란히 앉아 말없이 원효를 바라볼 뿐이었다.

잠시 한 줄기 바람이 흘러가는 듯하더니 원효의 음성이 혈사 안을 채우기 시작했다.

"그대들이 나고 죽는 고통의 바다에서 헤어나지 못하고 있는 모습에 나는 항상 아파했노라. 나는 곧 열반하노라. 이미 나의 열반을 그대들에게 알렸으며 나의 열반이 결단코 끝이 아님을 말했노라."

잠깐의 정적이 흐르고 원효는 말을 이었다.

"나 또한 그대들에게 이른 말이 없으니 이미 부처인 그대들은 그대들의 참모습을 깨달아서 부디 하나의 바다로 만나거라."

요석의 가슴이 뛰었다. 가슴속 깊은 곳에서 올라오는 슬픔을 지긋이 누르며 참았던 말을 꺼냈다.

"대사님 떠나시렵니까? 첫새벽처럼 환하게 우리에게 오시더니 첫새벽 해가 뜨고 있는 지금 떠나시렵니까? 긴 세월 동안 아낌없이 우리에게 다 주시더니 이제는 진정 떠나시려는 겝니까?"

어머니 요석의 목소리에 배어 있는 깊은 슬픔에 설총은 끝내 눈물을 떨구었다. 담담하던 요석도 참았던 눈물을 흘리며 떨리는 목소리로 말했다.

"슬퍼하지 말라 하십니까? 통곡하지 말라 하십니까? 통곡하고 슬퍼하겠습니다. 파계승이라 비난받으시는 일이 고통스러워 의연한 척 고요한 척했습니다. 이제는 대사님이 아닌 내 지아비 당신을 위해 곡을 하고 울며 보내드리겠습니다. 다음 생에는 당신과 부디 스승과 제자로 만나려 합니다. 부디 저를 세세생생 만나주셔야 합니다."

요석의 목소리를 듣고 원효의 얼굴에 설핏 미소가 떠올랐다. 마지막 미소였다. 그리고 더 이상 아무 말이 없었다. 순식간에 혈사의 안과 밖은 울음바다가 되었고, 울창한 숲 전체가 침통해졌다. 대중스님들과 모여 있던 많은 사람들이 끝없이 절을 올리며 눈물을 흘렸고, 슬픔을 가눌 수 없었던 사람들은 통곡하며 원효를 떠나보내야 했다.

원효는 세상이 천하다며 업신여긴 사람들을 보배롭게 대했다. 내 몸처럼 보듬어주는 이 따스한 보살의 손길을 언제 다시 만날 것인가! 보잘것없는 인생일지라도 부처라 믿고 끝없는 사랑으로 이끌어 주던 원효 대사 같은 분을 어디서 다시 만날 것인가!

원효의 다비식이 시작되었다. 수많은 백성들이 몰려나와 거리마다 원효 대사와의 이별을 목놓아 울었다. 모두가 슬픔에 젖어서 이생에서는 다시 볼 수 없는 원효 대사를 추도하고 있었다. 큰 박을 들고 춤을 추는 원효를 이제 만날 수 없다는 사실이 믿어지지 않았지만, 원효가 마지막 남긴 말은 울림을 주었고 모든 사람의 희망이 되었다.

다비식에 요석 공주가 서 있었다. 바람이 푸른 소매가 되어 흐르는 요석의 눈물을 닦아주었다. 요석은 수척해졌지만 여전히 기품있는 모습으로 모여 있는 백성들과 대중스님들에게 당부했다.

"대사께서는 평소 입으시던 옷 그대로 자연으로 돌아가신다고 하셨습니다. 죽음은 없는 것이니 슬퍼하지 말라 이르셨습니다. 윤회를 거듭하는 고통받는 중생들 곁으로 다시 돌아오신다고 하셨습니다."

깊은 슬픔이 요석의 눈가에 맺혔다. 요석은 대중들을 바라
보며 단호한 목소리로 말했다.

"대사의 뜻에 따라 수행 정진하는 것만이 그 크신 사랑에
보답하는 길입니다. 다비식도 대사의 뜻에 따라 치르도록 하세
요."

요석의 말이 끝나고 여러 스님들이 대답했다.

"네, 요석 공주님. 원효 대사님의 뜻을 잊지 않고 깊이 새기
도록 하겠습니다."

이제 정말 원효를 못 본다는 생각에 백성들은 슬픔을 누를
길이 없었다. 애통한 목소리가 여기저기에서 터져 나왔다.

"우리에게 다 주시고 가는 보살님. 에고, 주기만 하고 가셔
서 어쩐답니까!"

"부처님을 몰라보고 죄를 지었습니다. 원효 대사님, 우리에
게 다시 돌아오셔야 합니다."

"꼭 다시 오세요. 불쌍한 우리를 살펴주시러 다시 오셔야만
해요."

"우리 같은 것들도 사람대접해 주신 원효 대사님!"

"우리를 살리려고 다 버리고 또 버리신 원효보살님, 감사합
니다!"

서라벌은 온통 슬픔으로 가득 찼고, 백성들의 눈물이 비탄
의 강을 이루며 하나의 메아리로 퍼져나갔다.

"약사보살이시여! 우리를 살리고 보살님은 대체 어디로 가

시는 겁니까?"

"돌아오소서!"

"돌아오소서!"

누군가의 입에서 염불이 흘러나왔다. 서글픈 목소리로 나무아미타불 관세음보살을 염하더니 점점 하나의 목소리가 되어 비장한 노래로 산과 강과 바다를 적시고 있었다.

누구나 할 것 없이 함께 염불하고 함께 눈물을 흘렸다. 어떤 이는 잘못 산 자신을 용서해달라고 주저앉아 울부짖으며 발버둥을 쳤고, 어떤 이는 하염없이 흐느끼며 절을 올렸다. 저마다의 모습으로 원효를 떠나보내고 저마다의 모습으로 통곡을 했다. 그렇지만 그들은 드디어 진정으로 하나의 마음임을 알았다. 처음부터 하나였다는 사실을 알았다.

서라벌은 그렇게 하나의 마음으로 원효와 이별했으며, 보살의 몸으로 원효는 다시 돌아올 것이라고 굳게 믿었다. 새벽에서 밤이 되었고, 깊은 밤을 지나 샛별이 영롱하게 빛났다. 붉은 해가 떠오르고 있었다.

다비식이 끝났지만, 설총은 아버지를 떠나보낼 수 없었다. 설총은 흙으로 빚은 원효의 소조상을 약사보살 앞에 올렸다. 정성을 다해서 아침마다 문안 인사를 드렸고 저녁에는 아버지를 위해 이부자리를 깔아드렸다. 그렇게 일 년의 시간이 흘렀다.

그날 아침에도 설총은 아버지 원효에게 문안 인사를 올리고 있었다. 그날따라 소조상에서 눈을 떼지 못했다.

"그리운 마음에 아버님의 유골로 소조상을 모시고 있습니다. 인연에 연연하지 말라 하셨지만, 자식 된 자로서 아버님을 잊을 수 없었습니다. 남은 저희들은 중생을 사랑하는 아버님의 마음을 견고히 하고자 합니다. 저 설총, 아버님의 뜻에 따라 중생을 위하고 백성을 위해서 살다가 아버님 계신 극락정토로 가겠습니다. 아버지… 보고 싶습니다."

설총은 그리운 마음으로 고개를 숙였다. 원효의 소조상이 고개를 돌려 설총을 내려다보았다.

약사보살로 부활하다

세월이 화살처럼 흘러갔다. 신라의 거리에는 당나라에서 유행한다는 의상과 장신구들이 들어왔다. 전쟁의 기억이 잊히는 듯했다. 삼국은 다시 남과 북으로 갈라졌고, 설중업은 아버지 설총이 남긴 유언을 가슴에 담고 있었다.

"너의 할아버지이신 원효 대사를 기억하거라. 오로지 중생을 위해서만 사셨던 할아버지를 한시도 잊어선 아니 되느니라. 우리의 삶은 순간이고 환상일 뿐이지만 할아버지의 삶은 영원으로 남아 있단다. 중생과 함께하셨고 중생을 위해 모든 것을 바치셨던 나의 사랑하는 아버지이며 너의 존경스러운 할아버지를 잊지 말아야 하느니라."

아버지 설총은 할아버지가 열반에 든 이후에도 세상에서는 다시 볼 수 없을 정도의 지극한 정성으로 할아버지를 모셨다. 중업은 그런 아버지를 보며 할아버지에 대한 경이로운 감정을 느끼며 자랐다.

중업은 바다 한가운데서 붉게 떠오르는 태양을 보았다. 신라에서 파견한 사신으로 두 사람의 상관을 보좌해 일본으로 향하는 중이었다. 정사는 김란손, 부사는 김정암 그리고 대판관이 설중업이었다.

뱃머리에서 바라보는 태양이 한 번도 뵌 적 없는 할아버지 원효의 모습으로 보였다. 바다 위에서도 혹한의 겨울이 끝나가고 있었고, 일본에 도착할 무렵에는 완연한 봄날이 시작되고 있었다. 이윽고 사신 일행은 일본의 황궁이 있는 도시 '나라'로 들어섰다. 중업은 당당하고 기개가 있었으며, 또렷한 코와 눈매가 섬세하고 아름다웠다. 그러나 왠지 모를 깊은 고뇌가 설핏 느껴지기도 했다.

임금의 명을 받은 그는 공무를 맡고 난생처음으로 신라 땅을 떠나 이곳에 왔다. 일본의 모든 것이 낯설었다. 그런데 가는 곳마다 이해할 수 없는 이상한 장면과 맞닥뜨렸다. 사람들이 삼삼오오 모여 무슨 종이 같은 것을 소중하게 다루며 아주 작은 조각으로 쪼개어 먹고 있었다. 먹는 즐거움을 위한 것은 아니었다. 그들은 티끌처럼 자디잔 종잇조각을 만져보는 것만으로도 행복해 보였다. 종잇조각을 입에 넣고 눈을 감으며 음미하는 그들의 표정은 말로 형용할 수 없는, 이 세상에서 처음 보는 감동에 찬 것이었다.

그들이 왜 그러는지 도무지 알 수 없었던 사절단은 궁금함을 참을 수 없었다. 상관들이 무슨 일인지 중업에게 알아보라고 지시했다. 중업이 말에서 내려 일본인들 쪽으로 걸음을 옮겼다. 뒤따라온 통역관에게 중업이 말했다.

"참으로 이상한 일이 아닌가. 저들에게 종이를 잘라 먹는

까닭이 무엇인지 물어보도록 하게."

통역관은 거리에 모여 있는 사람들에게 다가가 물었다. 당연한 것을 묻는다는 듯한 눈빛으로 바라보던 그들 중 누군가가 친절하게 대답했다.

"이것은 단순한 종이가 아니라오. 그 유명한 신라국 원효 스님이 쓰신 《금강삼매경론》이오. 나도 겨우 구했다오. 우리처럼 글자를 모르는 천민들도 원효 스님의 정신이 들어있다는 이 종이를 이렇게 가루가 되도록 나누어서 먹으면 병도 낫고 몸도 좋아지고 정신이 맑아진다오. 댁이 어디서 왔는지는 모르겠소만, 여기 사는 우리는 원효 스님의 가피로 이렇듯 행복하다오."

그러자 옆에 있던 다른 사람이 말했다.

"원효 스님은 사실 약사보살님이었다고 하오. 이곳 사람들은 다 아는 일을 어찌 모르시오? 우리가 복이 많아서 이렇게 약사보살님의 글을 만지고 먹어보는 것이 아니겠소."

통역관은 신라국 원효 스님이라는 말에 깜짝 놀랐다. 바다 건너 타국 땅에서 '원효'라는 이름을 듣는 순간 때 묻지 않은 본래 자신을 되찾은 듯 벅차올랐다. 선명한 바람이 가슴으로 훅 들어오는 것 같았다. 중업에게 돌아간 통역관의 눈에 눈물이 고였다. 통역관은 갑자기 합장을 하더니 자초지종을 설명했다. 중업에게도 환희로운 마음이 연꽃처럼 피어났다.

'할아버지께서 살아계시는구나! 일본에서도 중생들에게 이렇듯 삶의 희망을 주고 계시다니…'

신라 사절단이 황궁인 평성궁으로 들어섰다. 저녁 식사를 마친 후, 궁 안에서 외국 사절단이 머무는 대재부 객관으로 안내를 받아 고단한 몸을 쉬고 있었다. 그런데 난데없이 여러 사람의 무리가 들어오고 있었다. 먼저 들어온 사람이 황급히 신라 사절단 앞으로 뛰어왔다.

"신라 사절단이 맞습니까? 지금 재상께서 들어오고 계십니다. 사절단 여러분을 한시라도 빨리 만나고 싶다고 이리로 오시는 중입니다."

일본국의 재상 오미네 미후네에 대해서는 일본으로 오기 전에 미리 들은 이야기가 있었다. 일본 천황의 증손자로, 지금의 광인 천황을 보좌하고 있는데 천황의 믿음이 두텁다는 것이었다.

신라 사절단은 정중히 일본의 재상을 맞이했다. 그들은 객관의 안쪽에 있는 방으로 들어가 서로 인사를 나누며 덕담을 주고받았다. 먼저 김란손이 재상에게 말했다.

"일정에 없던 갑작스러운 일이지만 이리 찾아와주시니 참으로 고맙습니다. 재상의 명망은 신라를 떠나올 때 익히 들었습니다."

오미네 미후네는 미소를 띠며 예를 다해 신라의 사신들이 찾아와 준 것에 감사를 표했다. 오미네 미후네는 귀족다운 풍모를 가지고 있었으며 몸에 지닌 절도와 결기 때문인지 좋은 인상을 풍기는 사람이었다. 잠시 후 오미네 미후네가 사신들을 바라보며 물었다.

"혹시 이 중에 원효 대사의 손자 되시는 설중업 대판관이 계십니까?"

중업은 갑작스러운 질문에 조금 놀라며 대답했다.

"제가 신라국 설중업입니다. 처음 뵙겠습니다, 오미네 미후네 재상님. 재상께서는 일인지하 만인지상의 자리에 계시고 천황의 증손자라고 들었습니다. 객관까지 찾아와서 저희를 이리도 환영해주시니 감사할 따름입니다."

중업의 말이 끝나자마자 오미네 미후네는 자리에서 벌떡 일어나 중업에게 정중한 절을 올렸다. 그리고 환희로운 표정으로 말했다.

"지금은 환속하였으나 저는 일찍이 승려로서의 삶을 살았습니다. 제 생애에서 가장 그리워하며 존경하는 분이 원효 대사님입니다. 저의 그리움이 헛되지 않아서 오늘 대사님의 자손을 만나게 되었습니다. 이 커다란 기쁨을 시로써 전하고자 하니 부디 저의 간절한 기도를 받아주십시오."

중업은 재상의 말이 끝나자 아버지 설총의 얼굴이 떠올랐다. 먼 이국땅에서도 이들의 마음속에 할아버지가 살아계신다는 것을 아신다면 아버지는 어떤 말씀을 하실까? 중업도 재상에게 감사의 절을 올리고 말했다.

"저의 할아버지 원효 대사님의 정신을 기억해주셔서 감사합니다."

오미네 미후네가 일어나 설중업에게 다시 예를 갖춘 뒤, 자신이 지은 시를 담은 두루마리를 두 손으로 설중업에게 건넸다.

중업은 할아버지 원효를 그리며 경건하게 두루마리를 받고 마음속으로 말했다.

'내 할아버지께서는 신라의 중생만이 아니라 바다 건너의 중생까지도 사랑하시어 자애로움으로 그들을 이끄시는구나!'

오미네 미후네가 중업에게 말했다.

"저는 어릴 때부터 선지식을 만나 공부하려고 스승을 찾아 부단히도 헤맸습니다. 젊은 날 승려였을 때 원효 대사님을 책으로 만났습니다. 그때부터 저는 오로지 원효 대사님의 정신으로 저의 세상을 밝히고 중생들의 세상을 밝히고자 했습니다."

중업은 오미네 미후네의 절절한 말을 가슴에 깊게 담으며 대답했다.

"뵙기 전까지는 승려의 삶을 사신 줄 몰랐습니다. 화려한 황손의 삶을 버리고 고단한 구도자의 삶을 선택하셨으리라는 생각은 미처….”

오미네 미후네는 자애롭고 따뜻한 미소로 고개를 끄덕이며 말을 이었다.

"그러실 겁니다. 황실 사람들이 승려가 되는 일은 흔하지 않지만, 쾌락과 탐욕의 정점에 있는 황실이 오히려 가장 인간적인 삶을 바라기도 하지요."

두 사람은 서로를 깊은 눈길로 바라보았다. 이윽고 오미네 미후네가 다시 말했다.

"제가 만난 원효 대사님께서는 다툼을 화합하고 공평하게 이루시고 중생을 위해 모든 것을 버리셨습니다. 자신을 던지셨어요. 모든 것을 아낌없이 주는 대승의 길로 걸어 들어가 큰마음과 큰 믿음의 보살로 사셨습니다. 미천한 제가 원효 대사님을 스승으로 모실 수 있기를 감히 발원합니다. 오늘 저는 대사님의 손자인 그대를 만났습니다. 이처럼 소중한 인연을 만난 오늘, 다시 제가 대사님의 제자로 살겠다는 뜻을 굳건히 세웠습니다.”

오미네 미후네는 중업의 손을 두 손으로 뜨겁게 잡았다. 두 사람은 어느덧 하나의 마음이 되어 환희로운 미소를 지었다. 잠시 후 오미네 미후네가 말했다.

“내일 천황께서 신라의 사신들을 태극전으로 들게 하실 겁니다. 못다 한 이야기는 내일 다시 만나서 나누도록 하지요. 먼 길을 오시느라 피곤하실 테니 오늘은 편히 쉬십시오. 저도 이만 물러가겠습니다.”

두 사람은 오랜 벗이 만난 듯 시간과 국경을 초월했다. 중업은 놀라움을 금치 못하는 다른 사신들과 함께 일본의 황궁에서의 첫날밤을 보냈다.

다음 날 내간들의 안내를 받아 광인 천황이 기다리는 태극전으로 들어갔다. 광인 천황은 반가운 얼굴로 사신들을 맞이했다. 검은 수염과 조금은 가냘픈 얼굴의 광인 천황은 오미네 미후네를 배석시키고 앉아 있었다.

광인 천황은 신라 사신들에게 위엄 있는 목소리로 말했다.

“신라의 대보살이신 원효 대사의 뜻은 신라와 당나라뿐만 아니라 이곳 일본에도 전해지고 있습니다. 원효 대사님의 손자께서 이곳에 오셨다는 말을 들었습니다. 아마도 우리 일본의 마음이 전해진 것이 아닌가 하오. 참으로 고마운 일입니다."

천황을 만난 신라의 세 사신이 태극전에서 나왔다.

오미네 미후네는 중업과 단둘이 황궁 안을 거닐고 싶다고 했다. 따르는 내관과 시녀들마저 물리고 두 사람은 그들만의 시간을 가졌다. 황궁 안의 벚꽃들이 비처럼 쏟아져 내렸다. 궁 안의 모든 것들이 법비를 맞고 있었다.

오미네 미후네가 벚꽃 같은 얼굴로 말했다.

"오늘따라 꽃비가 더 환희롭습니다. 분명히 어제도 벚꽃비는 흩날렸는데…. 어제도 못 만났고 내일도 못 만날 벚꽃비. 오늘 이 순간 내리는 벚꽃비가 바로 축복입니다."

벚꽃 한 잎에 '일심(一心)'이라는 글씨가 새겨져 떨어졌다. 하얀 벚꽃잎에 또렷이 쓰인 검은색 글씨의 '일심'. 갑자기 수많은 벚꽃잎에 새겨진 일심들이 비처럼 쏟아졌다. 오미네 미후네는 꽃비를 맞으며 생각했다.

비록 다른 나라 사람으로 관복을 입었다고는 하나,
원효 대사이시여!
부디 저를 받아주소서.
불법으로 우리는 하나라 하셨던 것처럼 미천한 저를 받아주소서.
관복을 입으나 벗으나
변함없이 용맹하게 수행자의 길을 걷겠습니다.

원효 대사이시여!

설중업은 미소를 띠고 오미네 미후네를 바라보았다. 오미네 미후네의 간절함이 느껴진 중업은 그의 기도가 성취되기를 진심으로 바랐다.

"귀국하게 되면 오미네 미후네 님의 뜻을 우리 임금님께도 전하겠습니다. 꽃이 피고 지듯 우리도 윤회를 거듭하고 있습니다. 할아버님께서 피우신 꽃이 이곳 일본의 궁 안에서 꽃비로 내리다니 저로서도 감개무량합니다."

오미네 미후네는 기쁜 마음으로 대답했다.

"그렇습니다. 그렇고 말고요. 원효 대사께서는 저희 일본에까지 보살의 자비를 베푸셨습니다. 이 얼마나 지극한 즐거움입니까? 이 순간이야말로 천상의 즐거움입니다. 윤회하는 우리 인간이 살아서도 이렇게 천상의 즐거움을 누릴 수 있다는 것을 오늘에야 알았습니다. 아마도 원효 대사께서 우리와 함께 계시는가 봅니다."

중업의 손바닥 위로 벚꽃 한 송이가 떨어졌다. 그 꽃송이를 보고 중업은 미소를 지었다. 바다 건너 일본의 궁전에서도 고요히 일심의 노래가 흐르고 있었다.

원효 대사님과 요석 공주께

이 글을 바칩니다.

후기

　원효 대사님께 인사를 올립니다. 부족한 제가 스님의 글을 읽고 스님의 일대기를 글로 옮겼습니다. 가슴 아프게도 말법시대의 중생들은 늘 고통 속에 살고 있습니다. 최첨단 과학문명과 인공지능의 시대를 사는 우리는 재물이 늘어났으나 여전히 탐욕스럽고 여전히 궁핍합니다.

　우리는 아비규환의 시대에 살고 있습니다. 그 처참함은 말로 표현하기 어려울 지경입니다. 모든 것들은 우리의 탐욕이 부른 과보요 죄악입니다. 이 사실을 잊어버리고 비난만 한다면, 우리는 진창에서 빠져나올 수 없다는 것을 잘 알고 있습니다.

　그래서 스님의 일성이 더욱 간절합니다. 제 한 몸 잘 먹고 제 자식만 잘되기 바라는 이 시대에 '우리는 모두 하나'라는 스님의 말씀은 우리를 다시 깨어나게 합니다. 비록 탐욕과 어리석음과 교만이 우리의 지각기관과 지각대상마저 덮어버리고 있지만, 스님의 말씀처럼 우리 안에는 일심이 있고 부처가 있습니다. 그래서 육도를 윤회하는 우리에게도 새벽이 다시 시작되고 붉은 태양이 다시 떠오르나 봅니다.

　부디 저의 부족함을 용서하시길 바랍니다. 이 글을 쓰는 동안 제가 스님의 생을 쓰는 일이 맞는 것인지 여러 번 생각했습니다. 그렇지만 용기를 내야 한다고 스스로 격려했습니다. 이 글을 쓰는 동안 성장했고 더욱 단단해졌습니다. 부단히 용맹정진해서 더욱 각성하려 합니다.

대성사이며 대보살이신 스님을 글로 쓰는 일은 저에게는 커다란 축복이었고 환희로움이었습니다.

요석 공주께도 감사의 마음을 전합니다. 당신은 누구보다 아름다운 여성이었습니다. 당신은 인간의 사랑이 천상의 사랑으로 사바세계에서도 피어날 수 있다는 것을 보여주셨습니다. 당당한 여성이면서 원효 스님처럼 자애심 많은 관세음보살의 마음으로 중생들의 삶을 아끼고 사랑했습니다.

그래서 저에게 요석 공주 당신은 권력과 탐욕이라는 진흙탕 속에 핀 흰 연꽃입니다. 원효 스님께서 중생을 위해 모든 것을 바치셨듯 요석 공주께서도 사랑을 위해 모든 것을 버렸음을 잘 알고 있습니다. 사랑이란 그렇게 믿고 아끼고 헌신해야 한다는 것을 당신은 삶을 통해서 우리에게 말씀하셨습니다.

요석 공주, 당신의 사랑은 해와 달이 스치고 지나는 사흘간의 짧은 만남을 천년의 인연으로 피어나게 했습니다. 당신의 이해하고 믿어주고 지켜주는 사랑은 사바세계에서 천상의 사랑을 보여준 것입니다.

저는 오늘도 원효 스님께서 가르쳐주신 대로 염불을 하고

있습니다. 날마다 환희로운 순간입니다. 두 분께 감사의 삼배를
올립니다.

크고 또 큰 무이(無二)의 진리, 또렷한 진리의 원음이건만,

저마다 다르게 새겨 크다 작다 깊다 옅다고들 하지.

세 척의 배에 뜬 달이 다르고 한 바람도 만 가지 소리라,

깨달은 이의 눈에는 다름이 곧 같음이네.

유가에서 논하는 명상도 화엄에서 말하는 원융도,

참나로 보면 어디에선들 두루 통하지 않으리.

백 개의 강이 한 바다로 흐르고,

삼라만상이 같은 하늘 아래이니,

크고도 넓어 무어라 이름 붙일지 막막하다네.

– 고려시대 김부식이 원효의 진영 앞에서 찬탄하다,《동문선》권50

원효 탄생하다.

- 617년(진평왕 39) 3월 3일, 압량군 불지촌(지금의 경북 경산)의 사라밤나무 아래서 태어나다.
- 유성이 어머니의 품속으로 들어오는 태몽이 있었고, 태어날 때는 오색구름이 땅을 덮었다고 한다.
- 어릴 적 이름은 서당이고, 어려서부터 총명하였다.
- 할아버지는 잉피공, 아버지는 담날이며, 어머니를 일찍 여의었다.

원효 출가하다.

- 《송고승전》에 따르면 관채지년(15~16세)에 불법에 들었다. (이는 632~633년경으로 신라 선덕여왕이 즉위한 직후이다.)
- 흔들림 없이 용맹하게 정진하면서도 다니는 곳에 일정함이 없었다.
- 출가 후 집을 희사해 초개사라 하고, 자신이 태어난 밤나무 옆에 사라사를 지었다.

신라에 분황사와 임정사가 창건되다.

- 634년(선덕여왕 3)에 분황사가 완성되다.
- 643년(선덕여왕 12)에 천축 승려 광유가 임정사를 창건하다. (후에 원효가 이 절을 중창하고 기림사라 개칭하다.)

자장이 제자 10명과 당에 다녀오다.

- 636년(선덕여왕 5)에 자장이 왕명을 받고 승실 등 제자 10명과 당나라로 가다. (자장이 청량산 문수보살상에 기도하고 가사와 발우, 불두골과 사구게를 받다.)

- 643년(선덕여왕 12)에 자장이 당나라에서 대장경과 불구 등을 가지고 돌아오다.
- 왕이 병들자 황룡사에서 백고좌법회를 열고 승려 100인에게 도첩을 주다.
- 대국통이 된 자장이 분황사 주지가 되어 머무르다. (후에 원효가 분황사에 머물며 많은 저술을 남기다.)
- 자장이 황룡사 9층 목탑을 건립하다. (643년에 공사를 시작하여 645년에 완공하다.)
- 645년(선덕여왕 14)에 자장이 분황사 주지로 있으면서 황룡사에서 《대승론》과《보살계본》을 강술하다.
- 646년(선덕여왕 15)에 자장이 통도사를 창건하고 금강계단을 쌓다. (통도사에 진신사리를 모시고 금강계단을 쌓자 사방에서 사람들이 몰려왔고, 자장이 금강계단에서 사미계, 비구계, 보살계를 주다.)

당 현장이 인도에서 불경을 가지고 귀국하다.
- 645년(선덕여왕 14)에 당 삼장법사 현장이 인도에서 많은 불교 전적을 가지고 귀국하다.
- 당태종이 창건한 자은사에 머무르면서 불교 경전을 한문으로 번역하다.
- 647년(진덕여왕 즉위년)에 현장이 〈인명입정리론〉 1권을 역출하다. (후에 원효가 주석서인《인명입정리론기》와《인명입정리론소》를 짓다.)

원효가 입당 유학을 계획하다.
- 650년에 의상과 함께 당 유학을 하려 했으나 요동 지역에서 고구려 군사에게 붙잡혀 되돌아오다.
- 661년(문무왕 즉위년)에 해로를 거쳐 당으로 가려 했으나 원효가 당항성(지금의 화성)의 묘지에서 '삼계가 오직 마음뿐'이라 깨닫고 되돌아오다.

신라가 백제·고구려와 전쟁을 하다.
- 642년(선덕여왕 11)에 백제가 신라를 공격하여 당항성과 대야성(지금의 합천) 등 수십여 개의 성을 함락시키다. (대야성 전투에서 성주였던 이찬 김품석이 부인 고타소와 함께 사망하다. 김춘추는 딸 고타소의 죽음을 계기로 백제

를 멸망시키겠다고 다짐하다.)
- 647년(진덕여왕 즉위년)에 진덕여왕이 왕위에 오르다. (김춘추와 김유신이 진덕여왕을 보위하여 정권을 장악하다.)
- 648년(진덕여왕 2)에 신라가 당나라와 동맹을 체결하다.
- 654년(태종무열왕 즉위년)에 김춘추가 왕위에 오르다. (태종무열왕은 신라 진골 출신 최초의 왕이 되다.)
- 655년(태종무열왕 2)에 요석의 남편인 김흠운이 백제의 조천성(지금의 옥천)을 공략하다 전사하다. (요석은 태종무열왕의 딸이고, 슬하에 두 딸이 있었다.) 이 해에 태종무열왕이 맏아들 법민(후에 문무왕이 되다)을 태자로 삼았고, 대각찬 김유신이 무열왕의 딸인 지소 공주와 결혼하다.
- 660년(무열왕 7년)에 백제가 멸망하다. (김유신 등이 이끄는 신라군이 황산 벌에서 백제군을 격파하고, 당군이 사비성을 함락하다.)
- 661년(문무왕 즉위년)에 김춘추가 사망하자 영경사 북쪽에 장사를 지내고, 문무왕이 왕위에 오르다.
- 665년에 고구려의 연개소문이 사망하고 사회가 분열된 틈을 타 나당연합군이 평양성을 함락하다.
- 668년(문무왕 8)에 고구려가 멸망하다. 이때 원효가 김유신에게 군사 자문을 해주다. (신라군과 당군이 연합해 고구려를 공격하려던 때 당나라 장수가 난새와 송아지를 그려 보냈다. 김유신이 원효에게 그림의 뜻을 묻자 '속히 병사를 돌이키라'고 자문하였다. 이에 김유신이 곧바로 군사를 돌려 큰 피해를 막았다. 다음 날 김유신은 고구려 병사들을 추격하여 크게 이겼다.) (일연은 원효의 자문이 있던 해를 662년이라고 보았다.)

보덕 화상이 주석처를 옮기다.
- 보덕은 고구려 반룡산 연복사에 주석하면서 《열반경》 40권을 강론하고, 평양 대보산에서 신인의 계시로 8면 7층 석탑을 찾아내고 그 자리에 영탑사를 세우다.
- 고구려 말기에 도교를 숭상하고 불교를 억압하자 나라가 오래가지 못할 것을 알고 650년(진덕여왕 4)에 완산주(지금의 전주) 고달산으로 거처를 옮기다. (《삼국유사》는 보덕이 방장을 띄워 하룻밤 사이에 완산에 도착했다고 하며, 《동국이상국집》은 667년의 일이라고 기록했다.)
- 보덕이 백제 완산주에 경복사를 세우고 열반종을 강론하다. 이후 원효와 의상이 보덕 화상에게 《열반경》과 《유마경》을 배우다.

설총이 태어나다.
- 자는 총지, 호는 빙월당이며, 원효와 요석의 아들이다.
- 태어난 해는 태종무열왕대(654~661년) 또는 667년(문무왕 7)으로 추정된다.
- 신라 10현이자 3대 문장가로 꼽히며, 훗날 문묘에 배향되다.
- 이두문자를 집대성하고 방언으로 9경을 해석하였으며, 신문왕의 요청으로 〈화왕계〉를 짓다.
- 1022년(고려 현종 13)에 홍유후로 추증되다.

원효가 무애가를 짓고 사람들을 교화하다.
- 설총이 태어난 후 원효가 속인의 옷을 입고 스스로를 '소성 거사'라 부르다.
- 《화엄경》의 '일체 걸림이 없는 사람은 한 길로 생사를 벗어난다'는 가르침을 담아 노래를 짓고 박을 두드리며 저잣거리에서 불법을 전하다. (광대가 바가지를 두드리며 춤추고 노래하는 것을 본뜬 것이라 한다.)
- 원효가 '무애가'를 부르고 춤추면서 천촌만락을 돌아다니며 교화하자, 가난하고 무지한 사람들이 모두 부처의 이름을 알게 되다.
- 물을 뿜어 불을 진압하거나 여러 곳에 모습을 나타내기도 하고, 금빛 칼과 쇠지팡이를 가지고 다니며 글을 새기거나 육방(동서남북상하)에 멸도를 알리는 등 원효가 사람들을 교화하는 방편은 고정됨이 없었다.

신라가 당나라와 전쟁에서 승리하고 삼국통일을 완성하다.
- 670년(문무왕 10)에 당나라 고종이 신라를 공격하려 하자 의상이 당나라에서 귀국하여 이 사실을 알리다.
- 675년(문무왕 15)에 신라군이 매소성에서 당나라 군대를 크게 이기다.
- 676년(문무왕 16)에 설인귀가 대군을 이끌고 기벌포를 공격하자 20여 차례의 치열한 전투 끝에 신라가 완승하다.

당나라 승려 1천 명이 원효의 제자가 되다.
- 673년(문무왕 13)에 원효가 불광산 척판암에서 참선에 들었다가 당나라 태화사의 승려들이 위험에 처할 것을 미리 알고 현판을 태화사로 날려 보내 대중을 구하다.

- 중국 승려 1,000명이 신라로 와서 제자가 되기를 청하자 그들을 위해 태화산 근처에 89곳의 암자를 창건하다.

문무왕이 죽자, 흠돌이 군사를 동원해 난을 일으키다.
- 681년(신문왕 즉위년)에 소판 김흠돌, 파진찬 흥원, 대아찬 진공 등이 모반을 꾀하다 주살되다.
- 김흠돌의 딸이 신문왕의 비였는데 이 사건으로 폐출되다.

원효가 수많은 저술을 남기다.
- 영취산 반고사에 머무를 때 항상 낭지를 만나러 가다. 낭지가 원효에게 〈초장관문〉과 〈안신사심론〉을 짓게 하다.
- 경주 고선사에 머물면서 《십문화쟁론》을 저술하다.
- 고선사에서 사복을 만나 많은 교분을 나누다. 676년(문무왕 16)경에 사복의 어머니가 죽자 포살과 수계를 해주고, '나고 죽는 것이 모두 괴로움'이라는 게송을 지어준 뒤 상여를 메고 활리산으로 가서 장사를 지내주다. 사복이 '연화장 세계에 가겠다'고 하자 갑자기 땅이 갈라졌고, 사복이 어머니 시신을 업고 땅속으로 들어가니 땅이 저절로 합해졌다. (후에 사람들이 서라벌 금강산 기슭에 도량사를 세워 해마다 점찰법회를 열다.)
- 용왕의 청으로 《금강삼매경론》을 짓고 황룡사에서 강설하다. (왕비가 병을 앓자 사신을 보내 약을 구하려 하였는데, 검해 용왕이 약과 함께 《금강삼매경》을 주면서 논을 지어 유포하라고 당부하다. 대안이 흩어진 경을 순서대로 취합하고 원효가 소를 짓다.)
- 광덕과 엄장에게 삽관법을 지어주다.
- 분황사에서 《화엄경소》를 저술하다가 제40 회향품까지 쓰고 붓을 놓다.

원효가 열반하다.
- 686년(신문왕 6)에 원효가 혈사에서 입적하다.
- 이후에 설총이 원효의 유해로 진용소상을 만들어 분황사에 안치하다. (설총이 지극한 예를 올리자 소상이 돌아보았다고 한다.)

신라 10성과 고려 국사로 추증되다.

- 702년(성덕왕 즉위년)에 동경 흥륜사 금당에 신라 10성으로 받들어지다.
- 800~808년(애장왕대)경, 고선사에 서당화상비가 세워지다. (손자 설중업이 김언승의 후원을 받아 세우다.)
- 1101년(고려 숙종 6)에 대성화쟁국사(大聖和靜國師)로 추증되다. (원효가 살던 곳에 비를 세우고 덕을 기록하여 무궁하게 전하도록 왕이 하교하다.)
- 1128년(고려 인종 6)에 왕의 명령으로 관청에서 봉작을 추증하다.
- 1171년(고려 명종)경, 분황사에 화쟁국사탑비가 건립되다.

소설

원
효

ⓒ 이지현, 2021

2021년 10월 22일 초판 1쇄 발행

지은이 이지현
발행인 박상근(至弘) · 편집인 류지호 · 상무이사 양동민 · 편집이사 김선경
편집 이상근, 김재호, 양민호, 김소영, 권순범, 최호승 · 디자인 쿠담디자인
제작 김명환 · 마케팅 김대현, 정승채, 이선호 · 관리 윤정안
펴낸 곳 불광출판사 (03150) 서울시 종로구 우정국로 45-13, 3층
　　　　대표전화 02) 420-3200 편집부 02) 420-3300 팩시밀리 02) 420-3400
　　　　출판등록 제300-2009-130호(1979. 10. 10.)

ISBN 978-89-7479-946-5 (03810)
값 15,000원